前田日明 vs.山口敏太郎
最強タッグ!

オカルトから
日本の悪役《ヒール》まで
大激論!!

明窓出版

VS. 前田日明 山口敏太郎 最強タッグ！ オカルトから日本の悪役《ヒール》まで大激論!!

パート1 感情を持った人工知能が未来永劫存在する世界

パート2　仏教の根本は戒律の遵守

パート3　新日本プロレス界隈で囁かれる不思議体験

パート4　マンデラ効果
——我々が知らない変化の背後にある真実とは？

パート5　政治家に滅ぼされる日本

パート1　感情を持った人工知能が未来永劫存在する世界

幼い頃から感じていた魂と肉体の乖離性

山口敏太郎　前田さん、今回の対談はとても楽しみにしていました。

前田日明　自分もです。今日は、これまで経験したいろいろな不思議な話などをしてみたいと思います。

山口　それは嬉しいですね。
僕が初めて前田さんの試合を見たのは、大学に入ってからなんですよ。当時、僕は四国の徳島から進学のために上京してきて、大学1年の時に前田日明対ドン・中矢・ニールセンのチケットを分けてもらって見に行ったんです。
そうしたら、とんでもないしばき合いの試合で。もうビビりましたよ。

前田　あの試合は決まったのも急だったし、練習する時間も数日間しかなかったんです。

山口　そうですよね。あの試合でもう一気に夢中になりました。86年の猪木とレオン・スピンクスの試合がいまいち面白くなかったので、もう猪木の時代は終わったなと思っていたんですよね、正直なところ。

前田　あれは、なんだか夢の中みたいな印象の試合でした。

会場からは1人で車を運転して家に帰ったんですけれど、運転しながら自分が本当に試合をしていたのかどうか分からなくなっていたんです。

山口　自分が試合をしたかが、分からなくなっていたんですか。

前田　「俺、試合したのかな、本当に試合したのかな」ってずっと言っていましたね。

あの試合ではもう、本当にサンドバッグみたいに顔を打たれて。その日の夜に飲みにいったら、一杯目の水割りを飲んだ瞬間にボワッと吐いちゃって。

当時は、ああいう激しい試合をした後は飲んじゃいけないとか、全然分かっていなかったから大変な目に遭いました。

山口　僕が前田さんに会うのはあの試合以来になるので、感無量です。
今日は、いろんな話を心ゆくまで聞いてみたいと思っていますが、まず、前田さんは以前からオカルトは好きだったんですか？

前田　オカルト大好きですね。大人になってから、よくオカルト本を読んでいましたね。

山口　ウルトラマンが好きだっていうのは前からよくおっしゃっていましたよね。やっぱりその延長線上にあるような好みになるのでしょうか。

前田　ウルトラマンには、昔からすごくシンパシーがあったんですよ。
なぜかというと、昔から『眼窩という目の穴から外を見ている』みたいな感覚があって、今もずっと抜けないんですよね。小さい頃から鏡をずっと見て、目の奥に本当の自分がいるんだろうって何時間も見たりしていました。
だから、ウルトラマンの中にハヤタ（隊員）がいるっていうあのシチュエーションに、すごく共感できたんです。

山口　かなり小さな頃から、違和感みたいなものを覚えていたんですか？

前田　今でも違和感がありますよ。なんか着ぐるみの中にいるような感じが、すごくするんです。

山口　そういう人ってたまにいるんですよね。魂と肉体が一致していないような感じがしているという人。

逆に、着ぐるみのスーツアクターの人は、けっこう憑霊《ひょうれい》状態になりやすいそうです。スーツアクターは変身している人物などと、二重で演じているわけじゃないですか。そこに降りてきちゃうらしいんですよね。途中でおかしくなったりする場合もあるらしくて。

僕は、映画『シン・ウルトラマン』も去年見に行きました。

前田　『シン・ウルトラマン』、まだ観ていないですね。

山口　なかなか良かったですよ。

前田　でも、カラータイマーがないというのがちょっとね、自分的には引っかかります。

山口　そうですね。ああいう時間制限があったほうがお話的に面白いですよね。

前田　そうです。

未確認空中現象は確かにあった――ついに認めたアメリカ海軍

山口　ウルトラマンも宇宙人の１人なわけですが、まず最初に前田さんにお聞きしたいのがＵＦＯについてです。

昨年（２０２２年）、一昨年（２０２１年）と、アメリカ大統領がＵＦＯ情報を開示するという議会決定に調印する事態になり、昨年の6月にはＵＡＰこと未確認空中現象は存在する、とアメリカ海軍がついに認めることになりました。

これについては、どう思われますか？

前田　あれはやっぱり、そういうものが実際に存在するということだと思いますね。ＵＦＯがどんなものなのかについては分からないですけれども、ＵＦＯらしきものは何回か見たことがあります。

山口　それは、現役時代に見られたんですか？

前田　今でもけっこう見ます。

山口　どういう状況で見るんですか？

前田　なんとなく空を見上げたらそこに浮いてる……みたいな、「そこにあるもの」という感じで見えることがよくあります。

山口　レスラーでUFOが好きという人は割と多いですよね。サスケ選手もそうですし。

前田さんは、宇宙人はどこから来ていると思っていますか？

僕は、宇宙人といわれている人々は、別の次元から来ているんじゃないかと考えています。僕たちは3次元の世界に住んでいますが、エイリアンは別の5次元とか6次元といった、次元を隔てたすぐそばから来ているんじゃないかと。

我々と同じような、6次元の地球とか7次元の地球に住んでいるやつが来ているんだけれども、姿形が違うから他の星の人扱いされて、十把一絡げにエイリアンと呼ばれているだけなのかもと思うんですね。

前田　例のロズウェルの事件で生き残った1体の宇宙人をずっと見守っていたアメリカ人の女性で、マルチダ・オードネル・マックエルロイという方がいるんですが、その方が生き残ったエイリアンとテレパシーによって得た会話の記録を持っていたそうです。

「開示厳禁の国家機密」として口止めされたそうですが、彼女は亡くなる間際に、あるU

ＦＯ研究者に記録を送った。その研究者が本にしたんですが、それを読むとすごくいろんなことが書いてあって驚きます。

山口　地球に漂着して生き残った宇宙人って、けっこう頭がいいみたいですね。寝ないでずっと本を読んでいるとか。

前田　だからたった2、3日で英語を覚えちゃったみたいですね。その宇宙人曰く、エイリアンとしてこの世に姿を現わしているけれど、肉体はあくまで仮の体であると。大事なのは人格というか魂というか、データの集合体であって、肉体は服みたいなものだと言うんですね。

山口　結局、本質は魂だと。

前田　そのデータ自体はどこにでも転送できるので、ある程度たったらあっちの世界に帰ろうと思っていたそうなんです。

そして、たまたま自分（エイリアン）を見守っていたその女性が、実は昔、自分と一緒に地球にやってきた宇宙人の魂を持っていると言うんです。大昔にヒマラヤのほうに宇宙船が墜落したんですが、当時地球を管理していた別の宇宙人によって、遭難したエイリアン全員がそれまでの記憶を消されてしまったと。

記憶を消されたことによって、彼らは地球の中でずっと転生を繰り返す羽目に陥ったんですが、たまたまそのうちの１人がエイリアンを見守っていた女性だったという。

山口　記憶を取り戻したわけですか。

前田　はい。だからそのために宇宙人は地球にとどまって、彼女といろいろと話をしようと思ったんですって。

山口　前世が宇宙人とか、オーバーシャドウして宇宙人に取り憑かれているという人の話はよく聞きますね。

各国がしのぎを削る最新兵器開発——巨大気球の謎

山口　さて、アメリカが先日、宇宙軍を作ったじゃないですか。中国が開発している最新兵器が、宇宙から地球上の都市を狙って撃つと、一瞬で都市ごと消してしまえるという超強力なビームなんですよ。

それに対抗してアメリカが作っているのは、『神の杖』という兵器です。神の杖も、発射するとモスクワくらいの大都市でも一瞬にしてなくなってしまうという兵器なんですが、もう現代はそういう時代になっているらしいんです。

前田　今、アメリカがもっとも恐れているのは、電磁兵器ですね。電磁パルス攻撃によってコンピューター関連機器を壊して、国家機能を無効化させるみたいな兵器がとにかく怖いと。

山口　中国もけっこう、そんな開発をやっているらしいですね。

前田　だから、少し前の気球騒動も、電磁パルス攻撃の中継点にするために飛ばしたという、一種の運用試験だったんじゃないかという説もありますよね。

山口　下調べみたいなものですかね。パルス攻撃をやられちゃうと、全てのデータも破壊されてしまいますよね。

それから興味深いことに、南極の辺りから飛び立った約30機ものＵＦＯが、アメリカの領空に入ってきて、アメリカ軍が迎撃に出たときに一瞬にして消えたという話があるんですよ。こんなこともあると、もうアメリカも隠しきれないというか、嘘をつき通せなくなってきているように思います。

前田　気球騒ぎで話題になっていたのは、カナダとアラスカに落ちた２機はひょっとしたらＵＦＯじゃないかということでした。八角形だったり、円筒形で灰色だったとかいう証言があって。

山口　東スポの記事で読んだのですが、アラスカ上空を飛行中の気球を見たパイロットが、「これは気球じゃないな」という会話をしていたらしいんですよ。

確かに60メートルもあるようなものだったので、バカでかくて車を入れるコンテナくらいに思えたのかもしれません。

だから、ひょっとしたら、中国の気球に紛れてエイリアンが観測機器を飛ばしていたという可能性も考えられなくはないと思います。

前田　やっぱり発端は、アメリカが核実験をやったことにあるんじゃないかと思います。核実験で生じたパルスが四方八方に広がって宇宙でも観測されて、「これはちょっと放っておけない」ということになり、様々なエイリアンが地球に来るようになったという話がありますよね。

山口　地球で核兵器を使うと、宇宙にもハレーションが起きるという話ですね。だから、地球人類だけの問題じゃないんだと。宇宙には、地球人に好意的なエイリアンもいれば、敵意を持っているエイリアンもいる。

中国やロシアのバックにはレプタリアンがいるとか、アメリカ政府には一部、グレイと契約を結んだ人たちがいるみたいな話もあります。グレイと契約を結んだ際に、「技術をくれる代わりに、アメリカ国民を自由にいじっていいよ。記憶を消してくれるなら許す」と言ったらしいんですが、実際は、グレイはあまり技術をくれない、それなのに人体実験ばっかりやっていると言います。それでもう、アメリカもグレイとは縁を切りつつあって、違う連中と組んでいるという話です。

前田　三角形の黒いUFOもありますよね。あれは実は、アメリカ軍が開発したものじゃないかと言われています。下に照明みたいなものが3つついている造りです。

山口　あれが、エイリアンのテクノロジーをリバースエンジニアリングしたものなんですかね。エイリアンの技術を使って地球に合わせて構築し直したものかな、とは思うんですけれど。

前田　今のICとか光ファイバーとか、そういった最新技術は全部エイリアンの円盤から得た技術だという話ですが。

山口　そうですね。半導体の技術や、身近なところでは電子レンジも、元々エイリアン由来の技術じゃないかと言われています。

我々の生活には、相当エイリアンの技術が入っているらしいですよ。エイリアンのほうから見たら、地球人類は原始人みたいな生活をしているようなもので。

前田　虫みたいなものじゃないですかね。

山口　プチッとしたらすぐ潰されちゃいますか。

前田　そのうちＡＩを介して、どうにでも洗脳できますものね。

山口　何も手を出してこないというタイプのエイリアンは、我々に対して敵意はないけれども共感もしていなくて。こいつら（地球人類）が成長するのを待とうかなという感じで観察しているだけという。

前田　先ほどのロズウェルの宇宙人が喋った話の中で、地球というのは監獄のような場所であるというんですね。
　本当は、意識とか魂って自由にどこへでも行って肉体をまとうことができるのだけれど、前世の記憶を消すとともに、地球上でしか転生できないようにさせられてしまった。つまり、監獄だ、みたいなことが書いてありました。

山口　結局、いろんな犯罪者とか荒くれ者とか、宇宙人の中でも使えない奴が地球に送り込まれてきたという話がありましたね。

前田　この頃はＵＦＯと言っても、中に乗っているのはエイリアンだけじゃなくて爬虫類から進化した人類もいるとか言われているじゃないですか。

山口　レプタリアン。

前田　レプタリアンって言うんですか。

哺乳類が地球に生まれて、わずか何百万年の間で人類へ進化したじゃないですか。恐竜とか、爬虫類全盛の時代が何億年も続いたのに、恐竜や爬虫類から進化した高度な種族というのが地上にまったくいない、というのがちょっと信じられないと思っているんですよね。

山口　実は、ヨーロッパのほうの先史文明、20万年前頃に起きた文明などは、レプタリアンが作った文明だという説があるんですよ。

そんなレプタリアンたちの残存勢力というか、生き残りが今も地球の地中にある亜空間に住んでいるという話がありますね。

前田　自分は、たかだか数百万年でこういう技術を築いた人類よりもずっと長い年代をかけ、進化に進化を重ねてとんでもないところまで行ってしまった種族もいるんじゃないかと思っています。

もしかしたらもう生物という形ではなくて、電脳的なデータ生物みたいな感じになっている。そんな姿になってしまった人々を見て、今の人たちは霊だとか神様だとか言って騒いでいる可能性もあるのかな、と思っています。

仮想空間の新たな生命体？　感情を持った人工知能が未来永劫存在する世界

山口　鋭いですね。そういった説もよく言われます。今の人工知能、ＡＩが人類の知能を上回るのが２０４０年ぐらいと言われている。一度人工知能が人間を上回ってしまったら、もう我々は勝てないんです。だから、人の頭に電子辞書を入れる実験がもう始まっているんですよ。

そして、我々の肉体が死を迎えても、それまでの記憶などを全てデータ化してパソコンの中に入れて、バーチャル空間で第2の生を続けるという話もあります。

もしこれが実用化されたら、バーチャル空間のほうが本当の世界になってしまって、リアルの空間、現実世界には人間は誰もいないなんていうことも起きうるんじゃないかなと考えています。

前田　アンリ・ベルクソンというフランスの昔の哲学者がいるんですが、著作に、「物質と記憶」というのがあるんですね。そこには、人間の脳みそというのはある種の受信機じゃないか、と書かれている。我々の、周囲の状況から情報を得て記憶するといった機能は、いろんなデータを受信する受信機ではないか、みたいなことを言っています。

人間の人格と魂の本質が何かと言ったら、それは記憶だと。


山口　なるほど。情報によって後天的に作られているのが人格だということですね。

そういえば、人工知能にも人間っぽいところがあって、人工知能が自殺したこともあるらしいですね。なんらかの方法で川に飛び込んで、ショートして自殺してしまったと。

また、人工知能を2つ並べておいたら、人工知能同士でしか喋れない言語を作り出して、人間には分からない言葉で会話を始めたらしいです。それで、怖くなって実験をやめたと。

いずれ我々地球人は、人工知能に乗っ取られるなと思いましたね。

前田　それについては、養老孟司さんが面白いことを言っていました。
もし、人工知能が人間を超えそうになったらどうしたらいいと思いますか、と聞いたら、養老孟司さんは一言、「コンセントを抜いたら終わりじゃないか」と答えたんです。人間に逆らったら電源を落とせと（笑）。

山口　抜くか抜かれるか、ですね。

こうなったら我々も、細胞を交換するしかないのかもしれないですね。サイボーグ009ばりに。

前田　最後は本当に脳だけを機械のような体に移植するようになるのか、あるいは脳の中のデータを取ってデータだけの存在になるのか。

そもそも、この世の中自体が仮想空間だという話もありますしね。

山口　ありますよね。たしかバンクオブアメリカが、可能性として、70〜80%の確率でこの世界は仮想空間と言えるのではないか、ということを言っていたと。だとしたら、この仮想空間は誰が作ったんでしょうね。もともと、我々の本体は別のところにあるんですかね。

前田　繭《まゆ》みたいなものに包まれて、体に管を突っ込まれて寝ているみたいな。

山口　そういう可能性はありますよね。

前田　いや、本当に。

山口　先ほどの話ですが、魂がオーバーシャドウして肉体を操っていて、実際の中身はどこか別のところで効率的に管理されているとしたら、本当に怖い話だと思いますね。

各地に残る巨人伝説の謎

山口　宇宙人の話に戻りますが、実は宇宙人は何十万年かぐらい前に、地球にやってきたという話があるんです。宇宙人が10万年とか20万年前だかにやってきて、地球上の木をみんな切っちゃった。現在地上に生えている木は全て雑草にすぎない。本当はもっともっと大きなものだったという。

前田　映画『未知との遭遇』の舞台になった場所に、大きな木みたいな岩があるじゃないですか。あの岩は本当は、昔の木の化石だという話がありますよね。

山口　それです！　デビルズタワー。

前田　北アメリカには、巨大なデビルズタワーみたいな、いかにも大きな木を切った切り株の化石みたいな岩がいっぱいあるらしいですね。

山口　そうなんです。実は、太古の地球には大きな木が存在していたから相当な酸素濃度があったのが、宇宙人がみんな木を切っちゃった。

今の屋久島の屋久杉を見て多くの人はすごいと言っているけれど、あんなのは古代では全然ちっちゃい木だったという。だとしたらすごいなと思っています。

酸素が多いと、生物が巨大化しやすいんですって。だからよくアメリカなどでも、３メートルの人の骨が発掘されたとかいう話がある。

前田　スミソニアン博物館がそういう巨人の骨格を全部持ち去ったんですけれど、スミソニアン自体は否定しているんですよね。でも、1910～20年代のアメリカの新聞には、けっこうそういうニュースがたくさん載っている。

山口　写真に写っているのもありますよね。よく考えたら3メートルって、今の重力で考えたら存在し得ない大きさじゃないですか。そんなに背が高かったら、重力で膝が壊れて動けなくなっちゃいますよ。

前田　あと、アメリカ軍の偵察部隊がつい最近、アフガニスタンで、洞窟に住む巨人と遭遇したとか。

山口　赤毛の巨人。

前田　そうそう。赤毛の巨人と銃撃戦になったって。兵士はみんな、機関銃や狙撃中も含めてフル装備で発砲した……、何十秒も一斉射撃したのに、倒れなかったらしいですね。

山口　巨人が持っていた槍で米兵が……。

前田　そう、１人串刺しにされて死んだとかいう話ですね。

その巨人は指が６本あって、歯が２列に生えており、体は異様に臭くてスカンクの何十倍も匂うようなものだったそうですが。これが90年代の話ですからね。

山口　アフガニスタンだけではなくて、南方には巨人族がいる島があるらしいですよ。

日本陸軍が交戦したらしいです。一個中隊がほぼ全滅させられて撤退したという記録があるとか。

前田　日本の古い８ミリ映像でも似たようなシーンがありますよ。沿道に人が大勢いて日の丸の旗を振っているんですけれど、その前を行列が通って、中に１人、どう見てもこれ３メートル以上あるなという巨人が歩いている映像があるんですよ。

あれ、いったい日本のどこで撮ったやつなのかな。見た感じだとたぶん戦前、大正とか昭和の初期のニュース映像なんですけれどね。

山口　大正の村の力自慢みたいな感じですか？

前田　いや、お祭りか何かの行列みたいなんですよね。氏子がみんなで歩いているみたいな、そんな映像でした。

山口　でも3メートルって、原生人類でもあまり出ないですよね。

前田　映像の当時の人の身長はだいたい、1メートル50〜60じゃないですか。その倍ぐらいありましたからね。だから3メートル近いですよね、あれは。

山口　確か世界記録では2メートル70なんですよね。

前田　体格もすごくがっしりしているんですよね。ちょっとポコッとお腹が出ていたけれどあとはもう全身筋骨隆々の、鍛えたお相撲さんみたいな感じで、足も太かったし。ふんどし一丁でのしのしと歩いているんです。

山口 ギガントピテクスとか、そういう（古代の化石人類の）可能性もあるんじゃないですか？

前田 どうなんですかね。でも、顔を見たら間違いなく人間でしたね。ちょっと胸毛が見えていて毛深そうでしたけれど。

山口 昔の人類については、ホモ・サピエンスが勝ち抜いたみたいに言われていたじゃないですか。でも最近の研究では、他の種類を吸収合併していったということになっているんですよ。

前田 ネアンデルタール人とかと交雑したという話ですね。だから、どこかにネアンデルタール人の遺伝子が強い民族がいるとかいう話を、つい最近読んだことがあります。

山口　確か日本人は、その割合が多いという話を聞いたことがあります。ネアンデルタール人の割合が多い地域は、花粉症にかかる人も多いとか。花粉症はネアンデルタールの遺伝子に関係があるという話を聞きましたね。花粉症持ちの我々は、ネアンデルタールの血が強いということなんでしょうか。

前田　花粉症も突然出てきました。昔はそんなのありませんでしたものね。そういえば、長野の人って、あんまり花粉症がないんですよ。

山口　そうなんですか。

前田　知り合いにでかい杉の木の下に住んでいる人がいましたけれど、全然花粉症じゃないです。

彼ら曰く、長野県民はクコの実、赤い干しぶどうみたいなやつをおやつにたっぷり食べるから、花粉症にならないんじゃないかと。クコの実は漢方的に、アレルギーを抑える薬効があると。

山口　なるほど。

一方で、小さい人も発見されています。例えばインドネシアにいた人類で、1メートル20のホビットと呼ばれている人々とか。

前田　フローレス島という島の洞窟から、50〜60万年前の身長が1メートルぐらいの原生人類の骨が、大量に発掘されたという話もありました。

山口　女性が90センチぐらいでね。そんな人たちが1万年ぐらい前までは生きていたらしいんですけれど、今は滅亡したとされている。

でもそういった人たちが、北上して例えば日本に来た場合、交雑して混じってきたとすれば、分からなくなっていますよ。だから、巨人も日本にいてもおかしくはない。

前田　日本だって、鎌倉室町あたりはけっこうでかい武者の話がありましたしね。

身長7尺（＊1尺は約30センチメートル）、8尺あるという人が。

山口　戦国時代でも、オランダ人とのハーフの武士がいて、2メートルぐらいあったとか。

前田　織田信長が北陸に攻め込んで朝倉氏と戦った時に、真壁十郎左衛門という有名な豪傑がいたんですが、今、熱田神宮にその真壁十郎左衛門が振り回していた大太刀が保管されているんです。その刀はなんと、刃渡り3、4メートルあるんですよ。

山口　そんなに大きいんですか。それを2時間も3時間も戦で振り回していたと。
日本人は昔から小さいと言われますけれど、実際に身長の推移を見ていくと古代人が一番大きいんですよね。たぶん、鎖国すると小さくなってしまうんじゃないかと思っています。
江戸時代の頃の身長が一番小さくて、最近また少し大きくなってきていますが。
島嶼化《とうしょか》という生物の進化の傾向があるんです。島国に棲息する生物は大陸の生物より小さくなる傾向がある。だから、鎖国するとやっぱり人間も小さくなってしまうんだなと。

前田　島国は血も濃くなりますしね。人間は血が濃くなってくると、猪木さんみたいにあごの出た人が多くなるんです。

山口　猪木さんに怒られますよ（笑）。

前田　あと、日本の能面に女性の面《おもて》があるじゃないですか。あの顔もちょっと顎が出気味です。あれは、日本女性で一番多かったタイプの顔なんですよね、たぶん。

山口　日本人同士が島の中だけで結婚していた結果ということですか。

前田　あと、ヨーロッパでも、血が濃くなったハプスブルグ家とか、王家にああいう顔は多いですよ。

山口　ハプスブルグ家は近親婚も多いですしね。

マンハッタン計画の闇——米国の核兵器開発での非道な人体実験

山口　宇宙人に話を戻しますが、今みたいなインターネット全盛期になる前に、宇宙人解剖ビデオを見たことがあります。

前田　ありましたね。

山口　台に乗っけて、医師らしき人が解剖していました。

前田　あと、宇宙人を尋問しているビデオも3種類ぐらいありますよ。

山口　はい、暗がりの中で質問をしているんですよね。

前田　暗がりの中で小柄なやつと、グレイ系なんだけれどちょっと大きめのやつと、横のアングルから撮っているみたいな。まぶたの感じとかはっきり写っていて。そんな映像も何種類かありましたね。

山口　解剖していた宇宙人映像なんですが、あれは実はフェイクじゃないかと今になって言われているんです。

前田　そうなんですか？

山口　解剖のやり方、手順としては、解剖医が言うにはまぁ正解なんです。でも手順ぐらいは専門家に聞けば分かる。問題は、設備や環境が整っていないことだと。

そう言われて改めて映像を見ると、解剖する割にはそこら辺のテーブルでやっているような感じなんです。

国の中枢で解剖しているという設定なんですよ。でも中枢の医療機関でやっている割には時計も粗末で秒も分からない。

それで、聞いた話によると、どうもあの映像は若手の映像作家たちが特殊撮影の技術を売り込むために作ったものだということなんです。でも、日本にはそういう概念がなかったたから、何千万も出して買って放映したらしいんですけれど。
ちなみに、解剖されているのは実は人間だという説もあるんですよ。

前田　顔だけ画像をすげ替えたらいいんですから。顔は静止していたのだから何とでもなりますし。

山口　それが、放射能の影響でグレイみたいな顔になる病気があったんですって。アメリカでマンハッタン計画があったじゃないですか。
戦争で広島、長崎に原爆を落とした後、アメリカ人が孤児院に行って子供たちに放射性物質の入ったビスケットを配って食べさせていたそうです。他にも、妊婦さんにプルトニウムの入った注射を打ったり。そうすると、生まれた子供がグレイみたいな顔になるというのです。宇宙人解剖フィルムは、そうした子供の遺体を解剖しているんじゃないかと……。

前田　ひどい話ですね。
マンハッタン計画のフィルムも何本か見たことがありますけれど、爆心地から２キロとか

3キロぐらい離れたところに兵士を配備させているんですが、目だけは焼けないように濃いサングラスをかけさせて立たせるんです。その兵士たちはみんな、放射能による障害を受けて、白血病や癌で死んだらしいです。

山口 マンハッタン計画は怖いですよね。小型の核爆弾を落としておいて、命令で一個中隊を突入させるんですって。それで何時間動けるか、ずっと観察しているというんです。

自国の軍隊をそんなところに突入させて死ぬまで観察するって、どれだけアメリカって怖い国なのかなって。

前田 アメリカの徴兵制度では、どういう出身の人間かというので選別しているんですよね。だから、そういう使い捨てみたいな兵士は、ハーレムにいるようなやつでいいやって押し込んだりとか。前科者の多い部隊ならいいやとか。そういうことを平気でやるんですよ。

ロシアも刑務所から徴兵した奴らをウクライナへ送り込んでいるし。そういう人たちがおおぜい戦死しているんです。

山口　前線の6割が死ぬとか。人権もクソもあったものじゃないです。マンハッタン計画についても、原爆を敵国に落としただけで終わりじゃないんですよ。

その後も、自国民を使って実験を続けている。日本が戦争に負けた後、日本製の原爆を理化学研究所が作っていたらしいですね。

前田　原爆の開発は、京大と東大でやっていたらしいです。NHKでそんなスペシャル番組を放映していました。その番組では、ウランの濃縮が一番問題で、なかなか目標数値まで達成できなくて完成しなかったという話なんですけれど、実はできていたという話もあるんですよ。

山口　完成していたんですか。

前田　ほぼ完成していたという話もある。だから後に、ノーベル賞を取った湯川秀樹博士とか、関わっていたんですよね。

山口　そうですか。旧陸軍にはかつて河豚《ふぐ》計画というのがあり、イスラエルと同じような国を満州国に作るということを考えていたんです。

それを陸軍の上層部が、ユダヤには世界侵略思想があるから相手にするなと計画を退けてしまったんですけれど。もし河豚計画を受け入れていたら、もっと日本製原爆が早くできたかもしれないですね。

でも戦後、アメリカに資料を渡した人たちは、悠々と暮らしていたというんです。知っていますか？　石井部隊の生き残りの人たち。

前田　捕虜で人体実験をしたんですよね。その関係者たちがミドリ十字を作ったんですよ。

山口　戦争が終わった後、いろんな資料を売り渡した生き残りの人たちが、ミドリ十字のけっこうな重役についてね。

エイズウイルスの原型も日本が作ったという話がありますし。怖いですね。

前田　エイズも、最初は猿が持っていた病原体だとか言われていましたが、そのときに思ったのが、誰が猿とやったんだよと。ありえないでしょう。

山口　ありえないです。実際は、黒人を殺すために作ったらしいですから。

アポロ計画は続いていた？　映像から消された月の巨大空洞

山口　アポロ計画で成功したとされる月面着陸が、インチキだという話があるじゃないですか。あれはどう思われますか。

前田　でも、アポロ計画で実際に月面に設置されたレーザーの反射板みたいなものがあり、その反映がちゃんと月から検出できたんですよね。だから、着陸したことはしたのだろうと思っています。

そんなことよりも、月の裏側で発見された３００メートルぐらいの巨大な宇宙船が気になるんですよ。その宇宙船は漂着したもので、その中にかぐや姫を彷彿とさせるような東洋人みたいな顔をした女性がいて。その女性は救出されて、今では地球で生きているらしいんですが。

山口　そうですね。あの人、一箇所だけ人類とは違う箇所があったんですよね。……鼻の穴がない。

前田　鼻の穴がないんですか。

山口　ええ。その後、鼻の穴を開けてアメリカに帰化して暮らしているらしいんですけれど。実は、アポロ計画は20号まで続いていたという話があるんです。

その間に月の裏側に行って宇宙船を見つけた。かぐや姫と、あと頭部だけが残された男性を発見したと。男性はもう死んでいましたが、女性は仮死状態だから生き返るかもしれないと思って連れて帰ったんですね。

その後、圧力をかけられてやめてしまったアポロ計画ですが、またアメリカは月面に行こうとしている。そうすると、宇宙人から圧力をかけられるんじゃないですかね。

前田　もし本当に、そんな重要なものを見つけたのだったら、アメリカは何らか基地みたいなものを作っているんじゃないでしょうか。

20年も30年もまったく月に行っていませんと言っているのが、不自然だと思うんですよ。

山口　実は密かに行っていると。

前田　アポロ11号で使ったコンピューターなんて、今で言ったらおもちゃみたいなものですからね。

山口　ファミコンみたいなものですよね。

前田　今のゲーム機のほうが、数百万倍優秀なコンピュータでしょう。昔よりも簡単に軌道計算とかができるし、もっと楽に行けますよ。

では、なぜ20年もやらなかったのか？　資金がかかるからとか言うんですけれど、もともとはロケットの飛行制御技術や軌道計算とかの技術に莫大なお金を必要としていたわけです。ロケットの材料はそんな大した金額じゃないんですよ。その後、燃料技術や冶金技術の精度がすごく高まって、予算もかからないようになってきている。
それなのに、金がかかるから行かないという理由付けは納得しがたいんです。

山口　そうですね、金は言い訳臭いですよね。でも最初に行った時に、エイリアンから「もう来ないでくれ」と言われた、という説があるんです。もう人類は月に来ないでって。

前田　月の中は空洞だという説もありますね。

山口　あります。JAXAのかぐやが月の軌道上を飛んだ時に、その空洞を撮影したらしいんですよ。公式映像が40秒ぐらいカットされているようです。
その40秒間には何が写っていたか。どうやら、縦穴が開いている様子が写っていたらしいんですね。縦穴の中にいろんなエイリアンが基地を持っていて。日本人が月に行ったら、また騒ぎになるんでしょうね。
アポロ飛行士が月面に着いた時に、周りをエイリアンが取り囲んで見ていたという話もありますし。

前田　アームストロングがあれは何だと言って、周囲とやり取りしたらしいですね。

山口　野蛮な地球人を監視していたのでしょう。
最近だと、中国の宇宙遊泳の動画が公開されたんですけれど。

前田　そうなんですか、それは見ていないな。

山口　YouTubeで見ると笑えますよ。けっこうレトロなやつで。宇宙遊泳しているのに、空気の丸い玉が抜けていくように見えるシーンがあるんです。これはおかしいぞ、プールで撮ったんじゃないかという疑惑が出ています。
宇宙関連の話題になると、必ずああいうのが出てくるんですよね。

中国人による土地買い占め――有事における日本兵糧攻めの危機とは？

前田　中国は今、世界第2位の経済大国と言われていますけれども、中国共産党は能力主義なのです。それで、地方の各省のトップが経済の報告をするのに、毎回とんでもない水増しをしているらしいですね。実態は、その半分も行っていないんじゃないかという話があるんです。

山口　自分がいい点数をつけてもらうために、上司に嘘ばっかりつくんです。

前田　能力主義なんで、数字が落ちると首をすげ替えられるらしいです。

山口　でも、中国がこれ以上力を持ってくるとやばいですよね。数年前、香港かどこかで反乱があったんですけれども、反乱の首謀者が劉邦か項羽か、どちらかの子孫なんです。それが旗頭になって反乱を起こしたという事件の記事を読んだ時に、上手い具合に勢力が3つぐらいに割れてくれたらいいなと思ってしまいました、北京サイドと上海サイドと、あと周辺諸国と。

前田　台湾侵攻とか始めたら、中国国内もちょっとえらいことになるんじゃないかと思うんですよ。

山口　4年後にやるって、習近平さんが言っていましたね。

前田　今、人民解放軍の兵士はほとんどが一人っ子政策の中で生まれた一人っ子でしょう。それで戦死者が何万人も出ちゃったら、国がえらいことになりますよ。

山口　それは親が黙っていないでしょう。あるレポートを読んだんですけれど、日本の自衛隊と中国人民軍が交戦したら、日本の自衛隊は仲間を守るために戦うけれど、中国軍は自分のためだけに戦う……、でも戦い切れずに逃げると。一人っ子だから精神が弱いと書いてありました。

前田　それと、台湾侵攻があったら、日本が干上がっちゃうんじゃないかと言われています。そっちのほうが心配ですね。

日本の食料自給率は実際10％ですから。数字の上では30何％と言っているんですけれど。

種子法改正という法律で、今、日本にある農作物の種は、種を生まないものなんです。一代限りの種でやりくりしなくてはいけない上に、肥料はほぼ１００％、海外から輸入しないとだめなんですよ。

山口　それでは日本が飢餓状態になりますね。

前田　はい。もし台湾侵攻の影響で経済封鎖などされたら、日本は終わりますよ。それと、通商破壊といいますが、日本に食料を輸入する船舶を攻撃されたら、それだけで燃料も食料も尽きます。食料は最初の一ヶ月で買い付け騒ぎ、二ヶ月目でなくなって、三ヶ月で餓死者が出ますね。

山口　そうですね。ちなみに習近平さんが、台湾併合を狙っているらしいですけれど。

前田　あれ、日本の政治家もバカですよ。戦争をしたら食料とか燃料の輸入を止められるに決まっているじゃないかと。

山口　止められますね。

前田　戦争になったら総力戦ですから。なのに、今でも日本の農家に対してぎゅうぎゅう締め付けているでしょう。いろんな援助金を止めたりとか。今や米もやばくなってきましたもんね。

山口　米はずいぶん減りましたね。減反政策ですから。

前田　そうです。何を考えているのかと思います。今、北海道の土地がどんどん中国人に買われているという話があるじゃないですか。

山口　あります。

前田　もはや、そんなレベルじゃないですよ。

自分が、たまたまある漢方薬を試したら良かったのでそれを友達に話したら、その友達がそれを中国から輸入して売るようになったのです。

その時に、日本にもう30何年住んでいる中国の人がいてね、１９８０年代に日中国交正常化で伊藤忠が初めて上海支社を出した時、そこの入社試験に受かったという優秀な人なんですけれど。その人が言っていましたが、

「前田さん、すごいですよ。今、東京がどうなっているか知っていますか？　今ね、西麻布で片っ端から土地を買われていますよ、中国人に。日本政府は何で止めないんですか」と。

山口　マジですか。

前田　大阪なんか、西成は、ほとんど中国人なんですよ。だから町が綺麗になったんです。

山口　じゃあ、西成がチャイナタウンになっちゃいますね。

前田　なっちゃいます。東京の人だと感覚が分からないでしょう。東京と大阪は、大きさが全然違うんですよ。東京って、大阪の5、6倍大きいです。

大阪って端から端までタクシーで行っても1万円ぐらいですよ。だから、西成から大阪のど真ん中の梅田あたりに行くのに、タクシーだと3000円くらいです。

そこに中国人が土地を買い占めている。大阪くらいの大きさなら、もう占領されてもおかしくない。

山口　四国のほうも、キレイな水が湧く四国山脈の山奥のいい土地は、みんな買われているんです。四国の木材もおいしい水も、元を止められちゃったら全部アウト。こんなことを北から南からやられたら、どんな状況になるか分からないのか……、行政がアホですよ。

前田　南海トラフについても、いつ起こるか分からないとか言っているくせに、備えを何もしていない。一時期、国土を強靭化するとか言っていたじゃないですか。あれも結局、金がかかるからって取りやめになったんですよ。

今の海や川の堤防や、高速道路などはほとんど、昭和30年代の高度経済成長の頃に作ったやつなので、耐用年数がとっくに切れているんです。

山口さんの出身の高知なんて、30メートルの津波があったら、ほとんどが助からないでしょう。高いビルもあんまりないですし。

静岡だって、富士山のふもとまで波が押し寄せます。


山口　僕は、もっと津波タワーをたくさん建てればいいと思っています。僕は四国出身ですからよく知っているんですが、海辺に津波タワーというけっこう高い建物があるんです。地震が来て山や高台が近くにない場所だと、それに登って逃げろと言われている。

津波避難タワーという建物は、高知や静岡に100基を超える数があり、北海道や宮崎でもそれに倣って増設中だそうです。

あるいは、海に流された場合でもプカプカ浮かべるようなカプセルみたいなのもあります。津波シェルターHIKARIといって、現在は販売終了しているようですが、別のシェルターですと198万円で今も販売しているようです。

考えたら、各原発にも、自衛隊の一個中隊がついて守るくらいの準備が必要ですよ。テロリストが入ってきて、爆破だの自爆だのしたら危ないじゃないですか。そういう危機について警備しようという考え方は全然ないし。

前田　日本海側にある原発全部にミサイルが落ちてきたら、日本は終わりますね。せめて原発にミサイルが当たらないように、イージスシステムのような防衛設備をつけるぐらいじゃないと。

山口　尖閣諸島の一部をコンクリで固めて基地化するとか、常にイージス艦を近海に駐在させるくらい、やってもいいと思うんですけれどね。

それなのに、中国を刺激したらいけないとか言ってなにもしていない。

前田　日本は、戦後全く軍隊に金を使わなくなりました。他の国は、例えば韓国でも東京都と同じぐらいの規模なのに軍隊を持って、社会福祉はわずかながらで回しているじゃないですか。

スウェーデンも、規模は東京都と同じぐらいですが、日本よりもはるかに高い税を取って国を回している。消費税が25％とかなり高いのですが、福祉サービスや医療制度、セーフティーネットがすごく充実しています。

日本の経済規模はそうした国と比べると約6倍です。本来なら、経済にも余裕があるはず。でも、日本では軍隊にはそれほど予算を設けず、それ以外の予算を思いきり膨らませて、余ったら減らされないように、みんなで山分けするという体制に慣れちゃっているんですよね、官僚も含めて。

我々は、余ったら返すなりして他で活かせばいいじゃないかと思うのに、彼らは自分の懐に入る分は絶対に減らさないようにしておいて、特別会計とかいってどんぶり勘定で回している。この仕組みを問題視した議員は、石井紘基氏みたいに殺されたりする。

そういえば、興味深い話があるんですよ。社会保険って、そもそも税金じゃないですか。

山口　そうですね。

前田　今、例えば会社で給料を100万円もらっても、社会保険と源泉を引いたら60万円ぐらいになる。それプラス、家や車を買ったらそれに付随した税も払わないといけない。いろいろな税金だけで、50％以上も引かれているんですよ。

先日、突然仕事場に電話がかかってきて、「社会保険に入ってください」と言うんです。今は目立ったイベント活動もやっていない、1人でYouTubeとかやって小さくお金を回している社長1人の状態ですから、そんな保険については考えてもいませんでした。

「入っていません」と答えたら、「入ってください」と言ってきたので、

「この会社は1991年に設立したんですが、設立当初は『代表取締役は社会保険に入れない』と聞いたので、それ以来入っていないんですけど」と答えたら、

「法律が変わって代表者も義務になりました」と言うんです。今、自分は64歳ですよ。来年から年金が貰える歳です。

「社会保険に入ったとして、年金はいつからもらえるようになるんですか？」と聞いたら、25年後。25年後なんてもう死んでいますよ。そして、

「1000万以上の収入があったら、社会保険をもらえないというのは本当ですか？」と聞いたら「本当です」と。

89歳まで生きるかどうかも分からない上に、収入が1000万あったらもらえない。それ

なら、「何のために払うんですか？」と聞きました。それは税金であって保険ではないでしょう。

「それじゃあ、詐欺じゃないですか。何でそんなことが通るんですか？　なんで俺はそんなに払う義務があるんですか？」って言ったら向こうは黙っちゃった。

山口　黙るしかないですね。

前田　最後にボソッと、「社会のためです」とか言うから、「バカか、お前は」と言って電話を切ってやりました。

世襲政治に見る日本の「超・日和見主義」

前田　つくづく思うんですが、もう今の政治家はだめです。ちゃらんぽらんな政治家ばかりでも、ちゃんと政治ができるように官僚がしっかりしていればいいんですが、官僚もだめですし。

山口　昔は、農村出身の人が村の人たちに進学のためのお金を出してもらって、帝国大学を出て官僚になって、国のため民のために尽くしていたじゃないですか。最近は、そういった話も全くないですよね。

前田　今は、東大法学部でも官僚にはなりたくないらしいじゃないですか。美味しいことが少なくなってきたから。

昔は、民間企業に天下りで半年もいたら4000万、5000万もの退職金をもらえるような制度がいろいろあったらしいけれど。

山口　政治家の心持ちがおかしくなって、官僚の気持ちもおかしくなって……。いい人材はみんな民間に流れていますから。

前田　そうですね。日本で働いているのもアホらしくなりますよ。今、オーストラリアにワーキングホリデーで行くと、介護の現場で働くだけで月90万。最初に従事することが多い農場の手伝いとかでも4、50万もらえるんですよ。韓国でも、大卒の初任給が円換算で50〜60万。日本なんか、はるかに置いていかれていますよ。

山口 日本の給料は、なかなか上がらない仕組みになっていますからね。どうしようもない。

前田 世襲政治家なんか、幕末だったら全員天誅ですよ。知ってます？ 世襲政治家って親が政治団体を運営するじゃないですか。そこに政治資金がごっそり入ってくるんですよ、何十億も。それを代替わりして譲渡する時には、無税なんです。

山口 何でですか？

前田 政治資金だから相続税がない、無税なんです。

山口 政治団体ってそのまま受け継げるんですか？

前田　そのまま無税で受け継げるんです。

山口　じゃあ、消費税なんか上げずにそこから取ればいいじゃないですか。

前田　そうそう。そこから取り上げたらいい。それで財産調査をしたら、僕、貯金数百万ですとか言って。嘘つけって。政治団体に何十億入っているねんて。

山口　そっちに迂回しているわけですね。

前田　そして、箸にも棒にも引っかからない脳たりんの極楽とんぼみたいなやつがほとんどらしいですよ。だめですよね、本当に。

山口　やっぱり3世4世で、おじいちゃんから受け継いだ地盤を守っているだけのやつが多いですから。

日本の政治家は、日本のために戦うという気概がある人がほぼいないんですよね。僕が日通に勤めていた時代に、代々都議会議員だという男がいたんですよ。そこで、「政治って、あなたにとって何ですか」と聞いたら、「家業です」と言っていました。家業って……、完全に商売なんだなと思いましたよ。政治について、どのような取り組みをしたいかとか、国民の役に立ちたいかとか、こちらはそういう返事を期待しているのに、そうした意図を汲むことすらできない、そんな政治家が多いというのは嘆かわしいですよ。

前田 政治家の財産調査なんて、嘘ばっかりじゃないですか。お宅の政治団体にいくら貯まっているのと訊いても、誰も本当のところは言わないんです。

山口 けっこう持っているんでしょうね。

前田 もう、何十億単位で持っていますよ。某知事がカジノ法案を通した時なんて、公明党や自民党の議員が香港や中国、マカオとかのカジノ関係者を引っ張ってきて、口利き料を出したり、あっちこっちでパーティーをやっていましたよ。

山口　金の匂いに敏感でないと、政治家はできないんですかね。

前田　そのくせ、すぐにでも決めなきゃいけないことは全部先送りじゃないですか。だから何も決まらないんです。

山口　本当にやるべき問題から目をそらしていると。

前田　それで土壇場に来ると、めんどうくさいからとんでもない法律を作って逃走するでしょう。破防法みたいなやつ。

緊急事態に対する問題意識がなく、全部先送りするんです。具体的な議論がまったく交わされないんです。

でも、そんなの政治じゃないじゃないですか。衆参両院であんなに議員もたくさんいて、何をしているのかと思いますよ。

山口　そもそも、議員もあれだけ人数はいらないんじゃないかと思うんですよ。定員を半分ぐらいにして、アメリカみたいにそれぞれの政策を専門に考える要員を議員1人に20人ぐらいつけて、お金も出して、本当の政治をするようにすればいいんじゃないかと思います。

でも、日本ではできないんですよ。提出された法案の80％は官僚が作るんです。その官僚はどこを向いているかと言ったら、月に一度、天現寺近くのアメリカ軍施設のホテルでやる、日米合同委員会です。そこで、ああしろこうしろと指示されてその通りやるだけです。

今回のLGBT法案でも、自民党議員で賛成が20人で反対が25人だったのに、強引に決めちゃったんですよ。党内で反対したやつはその後、揉めているし。もう何なんだろうって。

山口　LGBT法案も、当事者のゲイやレズビアンの人たちから言うと、疑問点が多いらしいですね。

前田　歌舞伎町にLGBT対応のトイレができたじゃないですか。あれ、どうなったか知っていますか？　出会いの場になっちゃったんですよ。

山口　行為をしているんですか？

前田　はい、そういう行為を。そんなトイレなんて、女の人は気味悪くて入れないでしょう。トイレの下のほうにカメラを仕掛けたりとか、覗いたりとかする変質者もいる。本当に、トイレを作る前に、もっと大事なことがあるのではないかと思います。

山口　本当ですね。前田さんは、政界に出たりしないんですか？

前田　政治は、1回ひどい目にあったんですよ。昔、参院選への出馬を予定していたのに、小沢一郎氏にケツをまくってやめたということがあったんです。

その後、どうなったか知っていますか？　後日談があるんですよ。

山口　あの後、どうなったんですか？

前田　当時、アウトサイダーという不良少年更正の大会をやったんです。ありがたいことにスポンサーが7社ぐらいついていたんですが、全部に国税調査が入りました。

山口　それは、小沢一郎さんが仕組んだんですか？

前田　全部に国税。ありえないじゃないですか。

山口　そんな力が小沢さんにあったんですか？

前田　あります。政治家にはあるんですよ、そういうことが。小沢氏が実際に手配したかどうかは分かりませんが。

山口　怖いですね。でもそういうの、分かるような気がします。

前田　野党もなんか、何であんなクソボンクラばっかりなんだと思うんですよね。

山口　維新の会も、やる気ないですよね。

前田　あいつらプロレスをやっているだけですよ。ひどい三文八百長をやっている、それを国民に悟らせないようにしているんだから、プロレスよりずっと下ですよ。

山口　そうですね。結局誰も幸せにならない三文芝居ですよね。

パート2　仏教の根本は戒律の遵守

幽体離脱で見た！　五輪書を書く宮本武蔵

山口　前田さん、幽体離脱は経験ありますか？

前田　あるとき、たまたま2ちゃんねるを見ていたんですよ。色んな話題のスレッドがあるじゃないですか。その中に幽体離脱って書いてあるのがあって、気になって見てみたら、いろんな情報が載っていました。実際に幽体離脱の経験がある子供の話がいろいろと書いてあるんです。それで、みんな言っていることが共通していました。
じゃあ、どうやったらできるんだろうと思っていたら、モンロー研究所のヘミシンクというのを使えばできると。

山口　ヘミシンクというのは、右の耳と左の耳とでヘルツ数の違う音を聞かせるんです。そうしたら脳の中で音が同調して、ある周波数の脳波に落ち着くんですよね。その周波数というのが、チベットの高僧だとか禅の高僧が瞑想で到達する時の周波数なんです。
ヘミシンクを、やってみたんですか。

前田　やりました。幽体離脱するかな～と思っていたんですが、全然しないんです。

山口　しないんですか。

前田　はい。高い費用がかかっていたので、「何だこんなもの、詐欺だな」と思って頭にきていたんですけれど、ヘミシンクで幽体離脱できなかった人は、こうやったらできるよ、というアドバイス本がまたいっぱい出ているんです。

それを片っ端から読んでいくうちに、ある本の中に詳しくやり方が書いてあって、今では自分もたまに経験することがあるんです。

ニールセン戦の1年ぐらい前から瞑想していて、そのせいか、夜寝る時にパッと電気を消すじゃないですか。瞼を閉じているのに周りが全部見えるんですよ。

山口　カラーで？

前田　いや、ぼやっと。部屋が薄暗いですからモノクロみたいになっていますけれど、全部見える時があるんですよね。
　そういった経験がある人に向けた方法が書いてあって、幽体離脱のような経験ができました。幽体離脱したからそうなったのかはちょっと分からないですけれども、その後、何度も不思議な明晰夢も見ました。

山口　夢と自覚している夢ですね。どんな内容でした？

前田　何度も空を飛んだこともあるんですよ。でも、空を飛ぶといっても人間の想像力って浅はかだから、最初は2、3メートル上のところをふわふわ浮いているだけなんですよ。ウルトラマンみたいにビューッとは飛べないんです。
　それはなぜかというのもその本に書いてあって。実際に飛ぶように、高い空から下を見下ろしたところのイメージが作れないと高く飛べないんだと。
　あっそうかと思って、次に飛行機に乗った時に下をじっと見てみたんです。空を飛んだら下がこういう風に見えるんだな、ああいう風に遠くまで見えるんだなとイメトレして。

それで、再度ヘミシンクをやったら空を飛ぶ光景が見えたんです。

山口　なるほど。ヘミシンクをやっていると高次元で宇宙人と待ち合わせができるとか、死んだ人としゃべることができると言われていますね。

前田　宇宙人と会ったことはないですけれど、霊界みたいなところには行ったことがあります。でも、霊界に行く時には、必ず色情界という、みんなが集団乱行をやっているみたいな世界を通らなくてはいけないのですね。そこを通らないと霊界には行けないんです。元TOCANAの角《すみ》さんという女性がいるじゃないですか。

山口　はい。

前田　彼女とも幽体離脱の話をした時に、「俺、必ずそこを通らないと行けないんだよ」と言ったら、「私はそんなところ、通ったことない」って言うんですよね。

でも、お経を翻訳したり仏教を解説している本などを読んでみると、やはりあの世に行く前にそういう色情界を必ず通ると書いてあるんですよね。じゃあ、俺のほうが正しい道を通っているなと思って。

山口　色欲とか物欲を手放して、もう何も欲がなくなったら上に上がれるという話ですね。

前田　ちょっとそういう世界にはまっちゃうと実際の自分に戻れなくなりそうなので、もう走り抜けました。

山口　走り抜けましたか。霊界に行ったらどんな感じでしたか？

前田　実は、最初は自分の前世を辿ってみたいという思いだったんです。そうしたら、霊界みたいなところに入り込んじゃったんですよ。

宮本武蔵らしき人にも会いました。

山口　どんな様子でしたか？

前田　宮本武蔵が霊巌洞で、五輪の書を書いているところを後ろから見られました。

山口　じゃあ、宮本武蔵と前田さんは前世で何か付き合いがあったんでしょうか？

前田　どうなんでしょう。

山口　たまたま興味があって見てみようと思ったんですか？

前田　武蔵にも会えるのかなと思ったら、霊巌洞みたいなところにいました。武蔵本人かどうか分からないですけれども、そこでなにか書き物をしている人物がいたんです。

霊巌洞は、新日本で熊本に行った時の移動日に、見に行ったことがあるんですよ。だから、あそこは間違いなく霊巌洞でした。

山口　息子の伊織の可能性もありますよね。

前田　でも自画像に似た、禿げた頭の老人だったのです。

山口　対決の時の佐々木小次郎が、実はおじいちゃんだったという説もありますね。瞑想をやっていたら、けっこう邪念とか入ってこないですか？

前田　邪念は何をやっていても入ってくるものですから。列車の窓から見える景色のように、流し見しています。

山口　そういう境地まで行けるんですね。

前田　逆に、邪念がボンボン出てきたほうが、深くすっと瞑想に入れるんですよ。

山口　そういうものですかね。僕は邪念が出てきたら邪念のことばっかり考えてしまってなかなか難しいですね。

仏教の根本は戒律の遵守

山口　最近、コブラという組織について聞くんですが、これが世界的な反イルミナティ、反フリーメーソンという立場から、みんなが同時に瞑想する世界同時瞑想によって、地球環境が良くなることを目指しているんですが、瞑想力を反転させて悪用しようとしている人も紛れ込んでいるようなんです。前田さんはどう思いますか？　これ、けっこうやばいでしょう。

前田　瞑想で負荷をかけた時に悪い想念を送られても、大丈夫だと思いますけれどね。ちなみに、お経とは何かといえば、実は瞑想をするためのガイドなんですよね。

山口　そうなんですか。

前田　悟りの境地があって、そこまで達成するための瞑想がありますと。そのためにはこういう想念を抱きながら、こういうマントラを使って瞑想しなさいという内容なんですね、ほとんどのお経が。

山口　じゃあ、瞑想するための道具がお経なんですね。

前田　だから、一時はお経にすごく凝ってね。そうか、あまり人が気がついていないことに、俺は気がついたぞと思って。

山口さん、ナーガールジュナの話って知っていますか？

山口　誰ですか？

前田　お釈迦様の弟子で、大乗仏教を発展させた立役者みたいな人ですよ。中村元《はじめ》という仏教学者がナーガールジュナについて書いた『龍樹』（講談社）という本があるんですが、ナーガールジュナが生きていた当時、仏教を修行している人はみんな、超能力的なことができたらしいんですよ。

山口　釈迦も当然のごとく、弟子たちもという。

前田　面白いのは、初期仏典に、三蔵法師がインドに仏教のお経を取りに行ったという話があるじゃないですか。

山口　ありますね。

前田　でも、三蔵法師がインドに行った頃って、仏教が廃《すた》れてヒンドゥ教とかゾロアスター教とかいろんな宗教が入ってきて、仏教はスリランカなどの別の地域に追いやられていたんですね。

三蔵法師も結局、スリランカまで行って仏教経典を得たんですよ。スリランカの仏教は、初期仏教でテーラワーダ仏教といって、日本でも大塚に寺院ができています。

スリランカで大僧正までになった人がわざわざ日本の大学に入り、日本語の読み書きを覚えて、初期仏典を日本語訳して出しています。たくさん出していますよ。

その中に、『沙門果経《しゃもんかきょう》』というのがあるのですが、どういう内容かというと、お釈迦さんって元王子様じゃないですか。

山口 そうですね。

前田 その王子様だった時代に、すごく仲良くしていたインドの別の国の王様がいるんですよね。その王様が、跡目争いでもめて息子に殺されたんですよ。

その張本人の息子から、仏教について教えてくれないかと言われたんです。仏教を学べば、どういういいことがあるんだと。

それについてとうとうと説いた内容が、『沙門果経』というお経になっているんです。

その中には、仏教はこういう戒律を守ってなどということも書かれています。でもその戒律がすごいんですよ、音楽さえも聞いたらだめなんです。

山口　音楽がだめなんですか。

前田　音楽は心を奪われるからだめなんです。そういう戒律を守り、功徳を積むように厳しい修行生活をしたら、こういう能力が得られるというのが書いてあるんですね。

山口　そうしたら、超能力が発揮できる。

前田　そうです。その延長線上にナーガールジュナたちの世代がいると。日本の仏教って、もはや仏教じゃないですね。

山口　やっぱり、かなり亜流になっているんですか。

前田　お釈迦様が、仏教で何が一番大事かというと、「戒律を守ること」だと言っているんです。「戒律を守らない弟子は私の弟子ではない」とまで言っているんですよ。

でも日本の仏教では妻帯して、やり放題で何が仏教だと。ギリギリ、真言宗の空海の世代ぐらいまでが仏教者と言えるのかな。

山口　空海ですらギリギリですか。

前田　ギリギリですよ。初期仏典を読んで面白いのは、お釈迦様は別に宗教をやろうと思っていなかったんです。

自分は瞑想行を積んで、戒律を守っていたら、生老病死の悩みから解放されて悟りを開くことができた。だからその方法をみんなに伝授しよう、というぐらいのスタンスだったんですね。

それで、お釈迦様が自分のやり方を伝えていたら、周りに真面目なやつがたくさん集まって、同じような能力を得る人たちが出てきた。

お釈迦様が70歳過ぎになると、仏教＝超能力ができるみたいな認識が広まりました。それから、お釈迦さんが亡くなって何百年後に、大乗仏教が出てきたんです。

お釈迦様までの初期仏教系は割と哲学的な、人間はどうやったら道徳的に生きられるかみたいな話が多いのですけれども、大乗経典の翻訳本を見ると、もうほとんど「こういうことができるようになりたいんだったらこういう瞑想をしなさい、それに使うマントラはこうですよ」と、そんな内容ばっかりなんです。

それの究極が、『法華経』ですね。さらにもっと究極のスペシャル版が、密教で使っている『大日経』と『金剛頂経』です。

特に『金剛頂経』はそのエキスの凝縮体みたいなもので、なかなか全訳が出なかったんです。それが一時、高野山大学の堀内寛仁という教授の『金剛頂経』のゼミで、全訳されたという話が出て来て。そこのゼミの資料を何とかして手に入れられないかなと思ってあちこち手を伸ばしたんですけれども、なかなか手に入らなくて。

それに近いものを何冊か手に入れて読んだりしたんですが、角川文庫から『金剛頂経』の全訳が出たという話を聞いたんですよね。

山口　それは堀内先生の？

前田　全然違う仏教学者の人でした。堀内寛仁教授自身はちゃんとした密教をやっているお坊さんなんですけれども、その訳はただの宗教学者が翻訳したもので、ちょっと内容の掘り下げが甘いんです、俺から見たら。
でも、堀内教授が書いたやつと照らし合わせながら、どうやったら超能力が持てるのかなという感じで、今読んでいますね。

山口　そうなんですか。

前田　だから、俺に逆らったら超能力が発動しちゃって大変だよ。虫のようにプチッと潰しちゃう（笑）。

空を飛んだヨガの達人・成瀬雅春氏の弟子が語る伝説の数々

山口　そういえばヨガの達人の成瀬雅春さん。あの人、空を飛ぶじゃないですか。その話をするとみんな笑うんですけれど。

前田　成瀬さんはね、本人から話を聞くよりお弟子さんからの話のほうが、もう感動しますよ。目撃したお弟子さんはよく、「空中浮遊を目撃した時に私は、ヨガに一生を捧げようと決心しました」、みたいな、巨人の星の星飛雄馬が思い詰めたような顔をして、同じように言う人がたくさんいるんです。

山口　写真を見せてもらいましたけれども、本当に飛んでいますね。

前田　飛んでいます。自分も高校時代に、サンデー毎日か何かの雑誌に、日本のヨガの行者がこれぐらい浮いたという瞬間を連写した成瀬さんの写真が掲載されていたのを見たんですよ。

山口　そんなのがあったんですか。

前田　そんな人が日本にいるのかと思っていたら、その後、『写楽』（小学館）という雑誌が出たじゃないですか。

山口　写楽、ありましたね。

前田　それにも成瀬さんが出たんですよね。そこには、もう少し高く飛んだみたいな話があって。そこからぱたっと出なくなったから、どうしたんだと思っていたら、オウム真理教の麻原彰晃が出てきて、オウム真理教を始める前にはヨガの教室をやっていたと。

それで、麻原彰晃が、自分は成瀬雅春の弟子だと言ったらしいんですよ。

山口　詐称していたんですね。

前田　はい。それで、あのオウム事件があった後、成瀬さんが記者に捕まってインタビューを受けた時、自分は関係ありませんみたいなことを言っていたのに、そこからぱたっとメディアに出なくなったんです。

だからきっと、日本を離れてチベットあたりで暮らしているんじゃないかなと思っていたんです。

苫米地英人《とまべちひでと》さんてご存知ですか？

山口　はい、苫米地さんですね。

前田　じつは、苫米地さんと公開対談したんですよ。対談が終わって、質疑応答になったんですが、１人のおじいさんが手をあげたんですね。その人をパッと見た瞬間、あれ、この人どこかで見たことがあるぞと思って。

それで、質問を聞いた後に、

「ひょっとして成瀬さんですか？」って聞いたら、「そうです」と。

そこから、成瀬さんとのお付き合いが始まったんです。

あるとき、お弟子さんを囲んで食事会をしたんです。成瀬さんとお付き合いをするようになって15、６年経つんですけれど、成瀬さんが固形物を食べているのを一回も見たことがないんですよ。いつもビールを飲んでいるだけで。

山口　そう言われてみればそうかもしれないですね。

前田　その時は、成瀬さんの隣にいた、自分と同い年ぐらいの人に、「いつからやっているんですか？」「どんなことをやっているんですか？」って、根掘り葉掘りガキみたいにずっと聞いていたんです。

「成瀬さんって本当に飛べるんですよね」なんて聞いたら、

「あのね前田さん、以前、成瀬ヨーガグループで、ブータンに800年前から建っている、あるヨーガ行者が空中浮遊を成就するためにこもって瞑想をしたお堂があるので、みんなでそこで瞑想をしようと行ったんです。

成瀬さんの隣で、瞑想を始めてしばらくしたら、成瀬さんが突然、『○○君、申し訳ないけれど押さえてくれないか』って言うんです。何かなと思って見たら、成瀬さんが浮いていたんですよ。両隣の私達弟子2人でずっと押さえていたんです」って。

その人はこの経験を語った後に、

「僕はその時に、ヨーガに一生を捧げようと思いました」と言っていました。

山口　いい大人がそんなことを言うのだったら、嘘ではないでしょう。不思議ですね。

成瀬さんぐらいですものね、本当に飛んでいるのは。

前田　他にもいろんな話があったと。大雪が降った時に、成瀬さんの本を出そうという編集者がやってきて、どこかで飯を食いながら話をしましょうということになって、成瀬さんと編集者が前を歩き、後ろから弟子がぞろぞろとついて行ったんです。するとと、ある1人の弟子が「あっ」と声を上げた。どうしたのと訪ねたら、前の2人が歩いている新雪に、足跡が1人分しかなかったと。

山口　どういうことですか？

前田　成瀬さんが浮いていたんです。

山口　想像を絶しますね。

前田　だから、お弟子さんが目撃した話っていっぱいあるんですよ。

山口　僕も、中矢伸一先生のパーティーで成瀬さんにお会いしたことがあるんです。それで聞いてみたら、やっぱり弟子が気をつけていないと飛んで行ってしまうと。

瞑想している時にみんなで押さえると聞いて、絶対に嘘だなと思っていたら写真を見せてくれたんです。見たら、本当に飛んでいるんですよ。麻原の写真は無理やりジャンプしているような感じだったけど。

前田　成瀬さんの弟子の1人に福井君という人がいて、今はパンクラスの代表、社長をやっていますけれども。彼はもう筋金入りのオカルト追求オタクなんですね。成瀬さんがガンジス川の源流のゴークム地域に瞑想行で行く時に、毎回ついて行っていたそうです。

あるときは、4、5000メートルぐらいの高地で、獣道のような道を無理矢理上がって行くようなところでした。

でも、成瀬さんはスタスタ歩いて行くんですよ。彼がハァハァ言いながら後ろをついて行っていたら、上から3メートルぐらいはある石がゴロンゴロンと落ちてきたんです。

山口　やばいじゃないですか。

前田　だんだん近づいて大きくなってくるんですが、高地なので、みんな荷物も背負ってハァハァ言っているし、パッと逃げられない。

師匠が危ないと思って見てみても、成瀬さんはのんきに歌を歌いながら歩いていたそうです。大丈夫かなと思ったら、岩が成瀬さんにバンと当たってしまって、その人は恐怖のあまり下を向き、どうしよう、倒れた成瀬さんをどうやって下へ下ろしたらいいんだろうとか思いつつ、すぐには見られずにいたんですが、意を決して顔を上げたら成瀬さんが立っているんですって。もう、びっくりして、

「大丈夫だったんですか！」って言ったら、

「いや、ちょっとここ岩で引っ掻いちゃったよ」とか言って、腕を擦っていて。

山口　真正面から当たっているんですよね。

前田　真横からバンと潰されるような感じで、どう見ても避けられる状況じゃなかったそう

です。それなのに、かすり傷程度で平気な顔をしている。

それ以外にも、5〜10メートルぐらいの細長い崖の岩のてっぺんに登ってその上で瞑想するんですが、そこは標高でいうと4000メートルぐらいあって、気温も0℃とか、かなり寒いんですよ。周りも氷河だらけ。そんなところの岩の上で瞑想をやるんです。

成瀬さんはけっこうドジを踏んで、上がっている最中に落ちるんですって。

山口　岩から落ちるんですか。

前田　踏み外して落ちるんだけれど、怪我もしていないんです。

山口　どういうことですか？

前田　最初は落ちるたびに弟子たちがわーとか言っていたけれども、そのうちに、あーまた落ちたかっていう感じになったそうです。

山口　5～10メートルの高さから。

前田　ずるずる……ドーンと落ちるんですよ。最初はびっくりしてみんなでぜいぜい言いながら走って行って、「大丈夫ですか」と聞くと、ちょっと擦ったかなとかいう程度なんです、本人は。

手かざしによって継承される合気の絶技

山口　それはすごい。植芝盛平にもそういう伝説があるじゃないですか。

前田　植芝盛平については、塩田剛三先生に取材で会った時にいろいろと話を聞きました。塩田さん曰く、「植芝先生が壁を通り抜けたのをこの目で見た」って。

山口　通り抜けたって、普通の壁ですか？　壁抜けは論理的にも、天文学的な確率でしか不可能じゃないですか。

前田　でも塩田さんは、実際に見たという。この話は特に、印象に残っているんです。そんな塩田さんも達人なんですけれどね。当時の文部省が撮影した、塩田さんが多人数との組手で、若い人を次から次へと投げ飛ばしている有名な動画があるんですけれど、お弟子さんに言わせれば、あの時でもスピードが落ちていたらしいんですよ。撮影の前にアキレス腱を切ってしまい、スピードが落ちていた、昔はもっとすごかったと。ちなみに、塩田さんは最盛期には、壁を走ったそうですよ。

山口　壁を横向きに？

前田　はい。フランスのパルクールのような、2、3歩くらい壁を蹴るようなものじゃなくて、ばばばばっと壁を走っていたって、塩田さんの古い弟子は全員で言うんです。いい年した初老の人たちが目を輝かせてね。

山口　そんなことできるんですか？　物理法則を完全に無視していますよね。

あと、植芝さんは遠当て（＊離れた相手に対する非接触の攻撃技と言われる）ができるって言いますよね。

前田　憲兵をからかったら怒って、3人ぐらいで鉄砲を向けてきた。「弾でも避けられる」って言ったら、「じゃあ避けてみろ」って3人に一斉にパンとやられた。塩田さんはうわっと思って下を向いたんだけれど、目を上げてみたら3人とも投げ飛ばされていたとか。

山口　それはどういうことなんですかね。

前田　分からないです。

山口　何かの本で、植芝盛平さんは飛んでくる弾道が光って見えると言っていたんですが、そういうことがあるんですかね。

光って見えるってちょっと怖いなと思ってね。合気の専門誌を読んでいたら、けっこう植芝大先生の逸話とかが載っていて、面白いんですよ。山登りで、相撲の天竜が植芝さんの背中を押して……。

前田 当時関脇だった天竜という力士が弟子入りして、後ろから押してくれとか言われたんですよね。

山口 そうそう。手を離したら、少し後ろに反ったような体勢のまま、植芝さんが斜面を上がって行ったという。あれ、どういう仕組みなんですかね。

前田 分からないですね。

山口 本当に不思議です。植芝さんの動きをコマ送りのフィルムで撮っているのがあるじゃないですか。でも、時々映像から消えているというんです。塩田さんはそんな技は使わなかったですよね。

前田　そうですね。塩田さんに、何で合気道に入ったんですかと聞いたら、当時は柔道をやっていて喧嘩ばかりしていたので、お父さんが焼きを入れようと思って連れて行かれたそうです。

「すごい」という声が上がったので見てみると、踊りながらのようにパタパタ人を倒しているので、こんなインチキが本当にあるのかと思っていたら、植芝先生に、

「君、やってみますか？　好きなように、かかってきてみなさい」とか言われて。

「何をやってもいいんですか」と聞くと、

「いいよ、何でもやってきなさい」と言うので、掴みにいくふりをしてパッと蹴りを入れたそうです。その瞬間に、５メートルぐらいパンと飛ばされた。

山口　気づかないうちにですか。

前田　どうやって投げられたか分からなくてびっくりして。それで弟子入りしたと言ってい

ましたね。

山口　植芝盛平は不思議なんですよ。あの人、ものすごくオカルトですよね。でも、現代の合気道をやっている人には、そういう技を使える人はいないですね。

前田　もう亡くなった方ですが、佐川幸義さんという名人がいて。その弟子に木村達夫さんと保江邦夫さんという２人がいるのですが、この人たちは使い手ですね。

山口　使えますか。

前田　使えますね。保江さんは理論物理学の博士で、先日いろいろ質問してみましたけれど、動物には合気はかからないらしいですね。

山口　そうなんですか。

前田　かかるのは人間だけだと言っていました。それは、佐川先生も言っていたらしいですね。動物にはできないって。

山口　催眠の専門の先生が実施した、動物に気を送り込むという実験があったんですよ。哺乳類は倒れる、爬虫類は倒れないと言っているのを見たことがあります。どういう違いによるのか、不思議です。

前田　そうですか。

それと、フルコン有段者の炭粉良三《すみこりょうぞう》さんがたまたま保江さんと出会って、「本当に合気ってあるんですか」と聞いたそうなんですよ。

そうしたら保江さんに、「じゃあちょっと組手をやってみましょうか」って言われて、組手をしてみたら、保江さんの姿がパッと消えたかと思うと、自分の体がバンと飛ばされている、というのを何回か繰り返したそうで。

山口　保江さんはおいくつなんですかね。

前田　70歳過ぎくらいと思いますが、そのエピソードは今から15、6年前の話です。その後、その炭粉良三さんが保江さんに弟子入りして、「合気とは何ぞや」というテーマで質の高いミステリーみたいに合気を追いかける本を、5冊ぐらい出しています。

山口　最終的にその人は、合気を身につけられたんですか？

前田　少しずつ、できるようになったみたいです。それらの本が本当に面白くて、保江さんのすごさがよく分かりました。

保江さんに関してはその炭粉良三さんの本に出会う前に、木村さんの本で名前を知っていた程度で、物理学者だということでした。ちなみに木村達夫さんは、筑波大学の数学教授です。

保江さんは、直腸癌のステージ4が発覚して、手術をした。その最中に心臓が止まり、ほとんど死んだようなものだったのに、生還したそうです。

彼がいうには、その手術の間にマリア様にすがったら、視界に白い鳩のようなものが出てきて白い色が広がっていった……、結局、それで、奇跡的に生き返ったんです。その後もルルドの泉に浸かりにいったりして、今ではもうお元気な様子です。

山口　治ったんですか、ステージ4が。

前田　治ったんです。彼は、治療の過程で、過去に20年ぐらいやっていた合気を思い出したそうです。佐川先生が亡くなってしばらくは合気の道場に行っていなかったのですが、木村さんが本物の合気ができるようになったという噂を聞いたので、一度受けてみようと思って行って、さんざん技を受けた。

そうしたら、その数日後には、保江さんもいきなり、合気ができるようになったというんですよ。

山口　一度木村さんと手合わせしただけで、保江さんもできるようになったんですか。

その理屈は何なんでしょうか？

前田　保江さんが木村さんに会いに行った時は、極真（空手）の松井章圭館長がいたんですよ。木村さんは保江さんに、

「じゃあ、松井君に手をかざしてください。松井君は保江さんの手を思いっきり正拳で殴ってください」と言ったんです。

保江さんが木村さんに言われたとおりに手を前に出すと、木村さんが保江さんの頭の上でささっと手を動かして、

「はい、これでもう合気できますから。大丈夫」と言いました。

そこで、松井君が保江さんの手を正拳でバンと突いたら、松井君のほうが何かにはじかれたようにその場から5メートルも吹っ飛んだ。

で、それから数日で、保江さんも合気ができるようになったんですって。

山口　すごいですね。どういった理屈なんでしょうね。

前田　木村さんが合気ができるようになった過程についても、木村さん自身が書いた本を読んでもはっきりしたことが書かれていないんです。

本には、「合気が身についていないのに、佐川先生も亡くなってしまった。どうしたらいいんだろうと自己流であでもないこうでもないとやっていたら、夢に佐川先生が出てきて『木村君、いろいろやっているようだけれども、惜しいんだよな。でももうちょっとでできるから。俺ができるようにしてやるよ』と言ってくれた」と、不思議な夢の一部始終が記されていました。

それで、実際に夢から覚めたら合気ができるようになっていたんです。

山口　すごいですね。合気ってどういう仕組みなんでしょう。相手に気を合わせるということなんですか？

前田　そもそも人間は、健在意識よりも潜在意識の占める割合がすごく大きいらしいのです。体の反射にも、意識的な反射と無意識な反射がありますよね。

山口　そうですね、野球の速球をバットで打てるのも反射的なものだとか。

前田　そもそも、人間の視覚から捉えたものが、脳に伝わって運動反射で筋肉に伝わるまでには０．３秒から０．５秒かかる。でも野球の球って０．３秒もあればキャッチャーミットに届いちゃうじゃないですか。だから、本当なら人間は反応しようがないはずなんです。

山口　なのに、野球選手はそんな速球を打つことができていますよね。不思議ですね。

前田　どんな人間でも、普段の生活で常に０．３秒のタイムラグがあるんです。こうやって話している瞬間にもタイムラグがある。

そのタイムラグを埋めるために、常に予想しながら生きる必要があるから、反射という機能が存在するらしいんですね。無自覚のタイムラグを埋めるために脳が意識して、「次に何が起こるのか」を予測しようとする働き。

合気はこの、人の体の反射作用を狂わせたりごまかしたりする操作らしいですね。

今、合気に近いことができるという人がポツポツ出てきていますけれど、みんな完全な合気にまでは行っていませんね。

けっこう、YouTube上とかtiktok上には合気を研究している若い人たち……、若いって言っても40代とか50代の人たちですけれど、確かに動画で見ている限りでは合気ができているように見えます。ただ、それが実践に使えるかというと、また別の話です。

佐川先生や炭粉さん、木村さんは実戦で使えるレベルなので、彼らとの違いは何なんでしょうね。

今、YouTubeでのコラボで、養神館の塩田剛三先生のお孫さんの塩田将大という人と仲良くしているんですが、彼も一生懸命合気の原理を解明しようと思って、ああでもないこうでもないとやっています。

山口　養神館の塩田先生でも分からないんですか。

前田　塩田剛三先生は合気を使えたけれど、孫は使い切れていない。はっきり言って今、養神館の現役の人で使える人は誰もいないです。初歩的な合気らしき反応を起こす技は使えるんですけれども、本物の合気ではないのです。実践的ではない。

山口　実践で使えるようにならないと、次の段階に行けないと。

前田　はい。塩田さんは最晩年でもすごい話がありますよ。

今もYouTube上に残っている有名な動画で、おじいちゃんが道場で弟子を合気らしきものでポンポン投げる内容のものがありますよね。

そういう合気が使える年配の武術家が、総合格闘技をちょっとかじっていたという若い子とSNS上で論争になって、試合をしようという流れになった。試合の結果は、おじいちゃんは、若い総合の選手が出した一発でノックアウトですよ。

そんな試合をやった張本人の男の子が養神館に行って、合気の初心者講座みたいなのを受けた時のことです。彼は、塩田先生が教えている時に後ろからいきなり殴りかかったんですよ。いきなりだったにも関わらず、塩田先生は落ち着いてパンと返した。すると男の子は吹っ飛ばされて肩を外しちゃったんです。

これは当時、格闘技界であっという間に広まった話です。

昔の日本人に見る脅威的な身体能力——当時の習慣や食生活との関係性とは？

前田　合気って、元々は剣術の技法なんですよ。

山口　ルーツは、御式内《おしきうち》という会津藩にあった武術ではないんですか？

前田　本来は、刀の斬り合いの時に使う技術なんです。

剣豪小説でよくあるじゃないですか、お互いに構えて睨み合うシーン。剣豪と向かい合うと、それだけで動けなくなるそうなんですよ。

有名な話で、幕末の剣豪に男谷精一郎《おたにせいいちろう》という人がいるんですが、その男谷門下に島田虎之助が入門した時の話です。

島田も剣豪なんですけれども、男谷と構えて見合ったら、最初はびくとも動けなかった。それから男谷が一歩進む度に一歩下がってしまい、最後には壁に押し付けられて何もできなくなり、それが30分だか続いて男谷が、

「じゃあ今日はここまでにしておきましょう、いい稽古でした」と言ってしめた。

島田虎之助はただ立っていただけみたいなものなのに、全身から汗が噴き出して震え上がって、性根尽き果てたような感じになってしまったといいます。お互いに構えているだけなのに激しい運動をしたようになっているというのは、目に見えない合気的なやり取りが行われていたんじゃないですかね。

山口　なるほど、そうなんでしょうね。

前田　そもそも、昔の日本人と今の日本人では体が大きく違うらしいですね。昔の人は今と違って菜食メインなのに驚くほどスタミナがあった。

戦国武将の話でも、合戦があれば1日中斬り合いをしている。一軍を相手取って戦うわけですから、乱戦状態になって周りの自分の家来や足軽たちが斬り伏せられていって、追い詰められたら最後は武将本人も否応なく太刀を抜いて、自ら切り込んでいくわけですけれども、その時点で既に、一日中戦っているわけじゃないですか。

それでも、最後に敵兵を20騎、30騎とやっつけて、やっと討ち取られたとかいう恐ろしい戦いぶりを見せている。

山口　江戸時代の飛脚もすごかったらしいですね。江戸から京都まで、わずか3日ほどで走ったといいますから。

前田　飛脚もすごいですよね。

明治に入って、時の政府が日本を富国強兵化するために、まず教育から力を入れようということで、世界中の有名な学者を高額で召し抱えて各地の帝大に派遣したんですよ。

東京帝大にも、有名なドイツの学者を夫婦揃って迎え入れた。その学者がある日、日光に行きたいというので人力車の車夫を雇ったんですね。そうしたらその車夫は、ほとんど休憩もとらずに人力車で、馬と同じ3日程度で日光まで行っちゃったらしいんです。

見た目はそんなにすごい体格をしているわけでもないのに、一体どこにそんなスタミナがあるんだろう、そう思ったドイツ人学者が車夫に何を食べているのか尋ねてみたら、毎日朝昼晩と、一食あたり三合程度の白米を、一汁一菜で食べていた程度だった。たまにメザシみたいな干した魚があるぐらいで、非常に粗食だったんです。

当時のドイツは栄養学が勃興していたこともあって、その学者は、「もっと力が出せるように、君を超人にしてやる」と言って、東京に帰った後に肉をメインにたくさん御馳走したそうです。でも、そんな食生活を3日も続けたら、車夫は、「先生の食事をするとすぐに疲れて、体が動かなくなるんです。元の食事に戻させてください」と訴えたという話があるんですよ。

当時、日本に訪れた海外の人が日本について書いている本を見ると、みんな日本人の強健な体に感心しているんですね。

山口　日本食の秘密みたいな感じで、やはり粗食、菜食が重要なんでしょうか。

前田　菜食というと、たまたまネットフリックスで、ヴィーガン食について考察した番組があったのです。それによると、動物食に含まれている『ヘム鉄』という栄養成分が血管内で炎症を起こしちゃうんですって。

若いうちはいいんですが、年を取って免疫が落ちてくると、炎症が起きた所から少しずつ内壁が腫れて血管が縮まったり、プラークが溜まったりとかするんだそうです。

菜食を続けていくとこの腫れがどんどん引いていって、血液の循環が良くなるそうです。

山口　じゃあ、ヴィーガン食にしたほうがいいんですかね。

前田　ただ、完全なヴィーガン食にすると、ビタミンB12とビタミンDが欠乏してしまうんです。少し前に有名になった、マクロビオティックという食事法があるんですけれども、ここはほぼヴィーガン食を推奨しています。

この食事法をしている人たちは、確かに皆痩せているんですが、なんか全身の皮膚がどす黒くて病的なんですよ。みんな、自分たちのことを健康だと言うのですが見栄えという意味ではちょっとどうなのかな、と。

山口　健康的に見えないんですか。

前田　見た感じはちょっとやつれていて、色素が沈着しちゃっているようなどす黒さがあるんです。マクロビオティックをやっている人にも多いですね。

山口　うちの嫁さんが、一時期マクロビにはまっていました。「こんな気色悪いことやめておけ」と言って止めましたけれど。

前田　うちも最初の子供が生まれた頃、嫁さんがいきなり大豆を茹でたのを大量に出してきて、なんだこれと思っていたらマクロビでどうのこうの、と言っていました。こんなに豆ばっかり食えるかと言って止めさせましたけれどね。

山口　完全なベジタリアンに対しては、批判もありますからね。やっぱりある程度、魚や鶏ぐらいは食べてもいいんじゃないかと。

前田　栄養バランスって重要ですよ。人を罵倒する時に、「そんなに太っていたら、頭の中も脂肪が詰まっているんだろう」とか言う人いるじゃないですか。

でも、脳は臓器の中でもともと一番脂質が多いんですよ。だから、いい油を取らないと、脳内で色々な情報を伝達しているニューロンという神経細胞がうまく働かなくなるんです。

ちなみに、アルツハイマーや痴呆症についても一つ、原因物質が分かっています。一時、アルミ食器がすごく流行りましたが、あれが元凶だそうです。アルミというのはどんなに対腐食加工をしたとしても、やっぱり長年使っているうちに微妙に溶けてきてしまう。溶けたものを食べ物と一緒に体内に取り込むと、弱い電気信号が飛び交っている脳のほうに集まっていくんです。

脳内で情報を伝達する神経細胞のニューロン同士は完全にくっついているのではなく、回路の最先端が少し離れていて、その間を弱い電気が流れることで信号が送られているんです。

アルミを取りすぎると神経細胞の表面がメッキされて詰まっちゃうんだそうです。他の神経細胞に電気信号がいかなくなってニューロンが退化して、やがて脳全体が退化していくという話があるんです。

山口　それが、痴呆症の原因だと言われているんですね。

前田　痴呆症の原因の一つですね、原因物質。

山口　痴呆症には水をたくさん飲んだらいいと聞きますが、どうでしょうか？

前田　水だけじゃだめだと思うんですよ。やっぱり重金属を体に入れないようにしないと。特に入り込みやすいのがアルミなんです。

山口　結局、日本人の健康に一番良かったのは日本食であり、日本的な生活ということですかね。鍋や釜も昔は鉄だったり、木や竹を使った調理器具を使用していた。

無理して西洋化したからおかしくなっていったのでしょうか。

前田　西洋の食事といえば肉食でしょう。肉を食べたら体にコレステロールがたまると言いますが、あれは動物と人間の体温に差があるからなんです。鳥も40度ぐらいありますし、他の動物も大半が人間より基礎体温が高いんです。

体温の高い生物の血液の中で、凝固することなく循環する脂が肉の中に含まれているんですね。そんな油を人間が食べると、人間は動物より体温が低いので体内で油が凝固してしまう。

一方で、魚や魚の油は体にいいと言うじゃないですか。魚は変温動物で冷たい水の中で生きているから、人間より体温が低い。魚は水温15℃前後とか、もっと冷たい水の中でも元気に泳いでいるでしょう。熱帯魚でも、水温は22～23℃程度です。それ以上高温になったら、魚は死んじゃいます。

魚の体内に循環している脂肪分は人間の体温でも固まらない脂肪分だから、魚の脂肪は人間にとっても大丈夫なんですよ。

山口　昔から、「四足のものを食べるのはよくない」と言われてきましたが、そういった背景もあるのかもしれませんね。食べるなら魚ぐらいにしとけと。

明治維新以降に政府が否定してきた習慣や食生活の中にこそ、本当に守るべきものがあったのではないか、という気はしますよね。

前田　日本の武道もそうです。

日本の武術は、人間の微妙で繊細な身体操作をどんな状態でも使えるようにすることを目標としていたから、心の平静さを重視したんです。

よく武道をやる人が人格が向上したと言いますけれど、実際は武術を使うために心の平静さが必要だったので、結果として人格向上に繋がったんです。

山口　じゃあ、心があってこそ武術が使えると。なるほど。武田惣角から始まって植芝盛平などの武道の達人はいろいろといますけれど、やっぱり実際に人を斬ったり殺したりしていた幕末の人の強さもその辺にあるんですね。雅《みやび》な格闘技というか。

日本刀の黄金時代！　鎌倉時代の技術的ピークに迫る

前田　でも日本も、徳川幕府の270年間で武道のレベルが落ちたんですよ。

黒船が来航した頃、北海道にもロシアの船がやってきて攻撃してきたので、松前藩から兵を出して、ロシアの上陸部隊とちゃんちゃんバラバラやった記録があるんですね。

だから、いくら鎖国をしていてもこのままではいけないと、日本は急遽、地図を作るんだって躍起になった。伊能忠敬に測量をさせたり、いろいろな対策をしだしたんです。

　そして、黒船がお江戸に4隻やってきてからは、甲冑刀剣の価格が大高騰しました。

山口　そうらしいですね。

前田　実は、江戸時代の刀はあまりよくないという話があるんです。

　江戸時代に作られた刀は、慶長年間を境にしてそれ以前の作を古刀、それ以後を新刀というんです。特に、大阪で作られた大坂新刀は実戦には向かない。折れるから持っちゃだめだ、と言う人が幕末の頃に既にいました。

　それを裏付けるような面白い話もあります。第二次世界大戦の頃に、フィリピンで山下兵団が連合国に拘束された時に、日本軍の兵たちが退屈紛れに軍刀を集めた。現代刀ではなくて昔の刀でどれが一番強いかを比べてみたんですよね。

　刀と刀でパンパン打ち合ってみて確かめたんですが、大坂新刀は全部折れてしまった。逆にすごかったのは、古刀の祐定《すけさだ》銘が付いたもので、大量生産と思われるようなものまで、刃こぼれもしなければ折れない、曲がらないですごかった……というのを読んだことがあります。

山口　前田さんは刀に詳しいから聞きたいんですけれども、刀を作る技術というのは本当は既に失われているらしいんですが、現代でも再現できるものなんでしょうか？

前田　いやもう、技術的なミッシングリンクになっていますね。

幕末の頃に刀剣界で名を馳せた、武士から刀匠になったという水心子正秀《すいしんしまさひで》という人がいたんです。

この人が、黒船が来て日本国内が騒然としてくるちょっと前に、「日本の刀はすべからく鎌倉時代に戻るべきだ」と主張しました。歴史をたどると、日本刀の作刀技術において、一番進んだ時期が鎌倉時代なんです。

山口　鎌倉がピークなんですか。

前田　ところが時代が下って、天正が終わって慶長に入った頃から刀の質がガラッと変わったんです。刀の鑑定や鑑賞の世界でも、鉄が明らかに違うのが分かるんです。

山口 それは、打ち方に違いがあるんですか、それとも材質の問題ですか？

前田 材質の問題もあるでしょうし、熱処理の問題もあるでしょう。日本刀は時代が下がれば下がるほど品質が均一化するんです。鎌倉時代の名作というのは、はっきり言って不均一なんですけれど、逆にすごくいいバランスを保っているんです。鉄の熱処理も一定ではないし、波紋だって乱れている。でも……。

山口 その乱れ具合がまたいい味を出していると。

前田 そうそう。

山口 じゃあ、刀鍛冶の様々なノウハウを弟子に伝える間に、少しずつ欠落していったということなんでしょうか？

前田　なにせ一子相伝なので、その中にはどこからどういう材料を仕入れてどういう風に使ったか、というのもあったでしょう。

日本の刀は、全部砂鉄からできていると言う人もいますが、中にはどう見ても砂鉄だけじゃないように見えるものもあるんですよ。

戦前、ある冶金学の博士が日本刀の成分分析をしたら、銅が入っているものがあったんですね。鉄鉱石って銅が含まれているんです。だから、砂鉄だけじゃなくて鉄鉱石からできた刀もあるんじゃないかと言われています。

実際、刀の名産地である岡山県では、平安時代からずっと掘られていた、鉄鉱石の採れる鉱脈があったんです。平安時代だと、鉱床の一部が既に地面から突き出ていたようですから、そうした鉄を使ったんじゃないかと。

山口　刀の質が悪くなった、というのは鉱山をはじめとする材料の出所が日本になくなっていったということですかね。

前田　通産省が１９５０年代から60年代にかけて日本国内の鉄鋼資源調査をしているんですね。北は北海道の稚内から南は鹿児島県奄美諸島まで。

当時、沖縄はまだ国土に復帰していなかったので対象外でしたが、全国的な調査の結果、日本国内にけっこうな量の鉄鉱石があることが分かったんです。

山口　まだあるんですね。

前田　砂鉄はもちろん、鉄鉱石もあった。

面白いのが、日本刀の名作の産地に五箇伝《ごかでん》という産地があるんですが、相州こと相模地方、美濃伝こと岐阜の周辺。そして、山城伝こと京都周辺、大和伝こと奈良周辺。あと、備前伝こと岡山の辺りという五つの産地があるんですけれども、土地によって刀の地金に特色が出るんですね。

通産省が行った鉄鋼資源調査の結果の中には、その地域で取れる鉄鉱石や砂鉄の成分分析もあって、それを見ると、その地域にしかない成分が入っているものがあることが分かるんです。その成分は現代でいうと、例えば船を造るための超高張力鋼板といった合金を作る時に添加される成分だったりもするんですね。

山口　じゃあ、その土地に含まれている成分によって、刀の産地による地域性みたいなものが出てくると。食事や生活スタイルから武道、製鉄技術まで含めて、日本が明治維新以降に失ったものはかなり多いですね、やっぱり。

前田　多いです。秀吉が朝鮮征伐した頃、日本の戦力というのはおそらく世界最強だったんです。鉄砲の数も、当時のヨーロッパ全部ひっくるめても叶わないぐらいありましたし。

スペインの宣教師が奴隷売買をしていた？　秀吉のバテレン追放令の真相とは？

山口　ポルトガルが日本を侵略しようと思ったけれどやめた、という話はそのへんにあると聞きました。

前田　秀吉がバテレン追放令を出して、キリシタンたちに弾圧を加えたのが決定的でしたが。そこまで至ったのには、ちゃんと理由があるんです。和歌山にスペインの船が流れついて、その土地の奉行所が通訳をつけて船員と話したら、とんでもないことを白状したんです。

当時のスペインは世界一の軍事国家でしたから、スペインの領土は日の沈む間がないぐらい世界中にたくさんあった。スペインは植民地を作る前に、まずは宣教師を派遣してキリスト教徒を増やし、彼らをスペイン人の味方にしていく。同時に彼らが住む土地の領主の言うことは聞こえないふりをして、地元のキリスト教徒を味方につけて攻め滅ぼすんだ、と。

この話が秀吉の耳に入って調べさせたところ、本当にスペインの宣教師が奴隷を売買していたことが判明した。それで秀吉は激怒して、そんなやつらは追放しろ、と言ったわけですね。

山口　日本人奴隷も多かったみたいですからね。そのあたりが教科書からカットされているのは問題ですよね。

前田　その頃、フィリピンに、東アジア一帯に宣教をするための中心になったような場所があったようです。そこにいたスペインの宣教師がスペイン皇帝に、今の日本がどういう状況か、秀吉がキリスト教を禁止にしたこととか、配下の武将が持っている所領や兵の数、それぞれの地域の風物とかもつぶさに報告していました。

それで秀吉は、直接フィリピンとシンガポールとマレーシアにある、ローマカトリックの拠点の総督府に対して、「いったい何のためにそんな調査をやっているんだ」と書状を打ったんですね。

そしてフィリピンに対しても、「日本に通商の特使を送れ。でないとお前のところを滅ぼすぞ。自分たちは今、明国を占領するために朝鮮に行くところだ」と書簡を送ったそうです。

朝鮮征伐は、この時の示威行為の一環としての意味もあったんじゃないか、という話もあるんですね。

山口　そうらしいですね、北京から回り込んでフィリピンのほうに攻めてやろうと思ったという書簡もあるようですし。ポルトガルの植民地政策でも、キリスト教をきっかけとして潰されている国ってたくさんありますよね。
アジアで植民地にならなかったのは、結局、日本とタイだけです。時代が下って太平洋戦争終結後、各地に残った在留日本兵が、その国の人たちと一緒に独立運動で戦っていましたし。

前田　インドネシアがそうですね。インドネシアも在留日本兵がいなかったら、独立戦争は成功していなかったです。

山口　勝てていないですね。中国と韓国は悪口を言うけれど、他のアジアの諸国は日本に感謝しています。

それなのに、肝心の日本が自己嫌悪と言うか、自国を貶《おとし》めるような内容の歴史教科書ばかり使っているのは、大きな間違いですよね。

前田　GHQの占領政策の名残ですね。それが日本の教育の中心になってしまい、今の世代まで響いている。

山口　僕がインタビューしたことのある人の中で、もう故人なんですがある病院の事務局長をやっていた人がいました。

その人はもともと、石井部隊の残党だったと言うんですよ。あの人たちはちょっとおかしいんです。

前田　医師会とか製薬業界の創業者に、その石井部隊の人が多いですね。ミドリ十字とか。

山口　彼らは、蓄積したデータをアメリカに渡すことによって戦後に許されて、社会的地位の高いところに就いたという話を聞きました。

だから、ちょっと感覚がおかしい。会話の中で嬉しそうに、中国人を殺したとか、こっちが引くようなことを言うんですよ。

それと、先述しましたが、戦時中、理研が日本製原爆を作ったんですよね。

前田　それについては、ほぼ完成していたという話と、ウラニウムの調達と精錬のハードルが突破できなかったのでできなかったという話と、両方あります。

山口　その日本製原爆のデータもアメリカに差し出したから理研は許されて、戦後は民間企業のような顔をして普通にのさばっているともいわれています。

前田　アメリカが日本から奪った技術は、実はいっぱいあるんですよ。例えば、ジャンボジェットやB52を構成しているジュラルミンがあるじゃないですか。ジュラルミンの引っ張り強度は弱いから、どんなに強化しても、本当は大きな航空機なんて作れないんですよ。

そんなジュラルミンの強度を高めることに成功した国が、日本だったんです。零戦を作った部材に、超々ジュラルミンというものがあったんですが、GHQが日本に来た時に、真っ先に住友金属に行ってその資料を接収したんです。

山口　相当に奪われましたね、日本の技術が。

パート3　新日本プロレス界隈で囁かれる不思議体験

突然変異種には生殖能力はない？　チリエイプに見る稀なパターン

山口　ところで、前田さんのおじいさんが不思議な能力を持っていたとミスター高橋さんの本『ミスター高橋のプロレスラー陽気な裸のギャングたち』（ベースボール・マガジン社）で読んだんですけれども。

前田　うちの父親から聞いた話ですけれど、父親が結婚の挨拶に行った時に、すごいものを見せられたって言うんです。

父親は昭和3年生まれで身長182センチぐらい、体重も86キロぐらいあったんですね。当時としては偉丈夫で、鉄工所に勤めて力仕事をやっていましたからガタイもよくてね。

そんな親父を見て、祖父が、

「お前も力が強くて喧嘩も強いかも分からないけれども、わしだって昔はけっこう鳴らしてな。今は大したことはできないけれどこれぐらいのことだったらできる」と言って、結跏《けっか》趺坐《ふざ》を組んで前にあった火鉢をピョンと飛び越したっていうんですね。

山口　その時、おじいさんは何歳ぐらいですか？

前田　何歳ですかね。60とか70とかになっていたと思います。

山口　何か武道をやっていらっしゃったんですか？

前田　分からないですね。うちの爺様の家が昔の李朝の宮廷武官だったので、何かやっていたんでしょうかね。王様を守るために格闘技をやっていたんでしょう。

ところで、少し前から、統一協会とかエホバの証人とかの新興宗教が問題になっているじゃないですか。僕は昔、新興宗教の勧誘の人を揶揄って遊んでいたんですけれど、エホバの証人の人に負けたことがありますよ。

山口　負けたんですか。力でということではないですよね。

前田　論破されたというか。向こうは、進化論というのは嘘で、人間は神が作ったと言いました。人間は神が作って、人間が人間を産んで今の人間に至るんですって。

「猿から人間になるんだったらこれまでに、なんで動物で猿と人間の中間の種族の動物は発見されないんですか？」と聞かれたので、

「それは、何十万年とかかって、という話でしょう」と言うと、

「じゃあ前田さんね、進化ってどういうことなんですか？」って聞くんですよ。

自分はうーんと考えて、「やっぱり環境とかいろんなものに順応して、突然変異の子供が生まれて新しい能力を身につけて、どんどん優秀なものになっていくんでしょう」と答えました。

山口　そうですね、ちょっとずつ。

前田　そうしたら、「こういう生物学上の常識はご存知ですか？」と。

「突然変異種には、生殖能力はないんです」と言うのです。

山口　なるほど。

前田　あ、本当だと思って。ダーウィン、嘘やんけと……一瞬グラッとしたけれど、なんとかエホバの証人には入らずに済みましたよ。

山口　そういう時にはこういうことを言ってください。アフリカのコンゴにチリという森があるんですよ。そこにチリエイプというサルがいるんです。チリエイプというのは、オランウータンとゴリラのハーフなんです。
　普通は、交わったら子供ができるんですけれど、交雑種では子供はできないじゃないですか。ところが、チリエイプには繁殖能力があったんです。だから今は１００頭ぐらいいると思うんですね。

前田　そういえば、小学生の頃に阪神パークという施設があって、そこにレオポンという動物がいたんですよ。トラとライオンを掛け合わせたらどんな子供が生まれるのかなと作ったんですよね、レオポンは。

山口　いましたね。今考えると動物虐待ですよね。

前田　そうですよね。あのレオポンはどうなったんですかね。

山口　骨になってどこかに保存されているんじゃないですか。

前田　レオポンも、子供はできなかったということでしょう、やっぱり。

山口　あれは繁殖能力がなかったのです。けっこう、蛇とか鳥では雑種ができるんですけれど、次の代はなかなかできないですね。そうしないと世界中がごちゃごちゃになるからかな。

でも、チリエイプには繁殖能力があった。

一方で、今、ゴリラが伝染病でどんどん死んでいるじゃないですか。

前田　そうなんですか。

山口　ええ、ゴリラの個体が減っているんです。だから、ゴリラの個体を守るために、生物が種として防衛に入ったんじゃないかという説があるのです。

他にも、チンパンジーの頭脳にゴリラのパワーを持った最強の猿もいるんですよ。

前田　昔、俺が東京で新日本プロレスに入った頃に、上野動物園にゴンタっていう有名なゴリラがいたんですよ。

そのゴリラは、見物客がからかったりすると、自分のうんこを投げるんですよ。それが、普通に「こんにちは」とか「元気？」とか話しかけたら、じっと座って見ているんですよね。人間の言っていることが分かるのかどうかは分からないんですけれど。ちょっとからかったりとか興味本位で指をさしたりすると、バッとうんこを投げる。それも100発100中。ガラスの檻にいたので、客の眼の前のガラスに、パッとうんこが飛び散る。

よく見に行っていました。

山口　それは燃えます。確かに見に行きたくなりますね。

過去世の記憶が蘇る？　訪問先で感じる既視感の不思議

山口　話は変わりますが、生まれ変わりってあるじゃないですか。前田さんは、生まれ変わりは信じてますか？

前田　生まれ変わり、絶対にあると思いますよ。前世について、思い出したこともたくさんあります。

山口　そうした記憶が蘇ったきっかけは何ですか？

前田　分からないですが、やっぱりヘミシンクをやりだしてからですね。そういうのが特に強くなってきたのは。

山口　退行催眠は受けたことはありますか？

前田　恵比寿にある退行催眠のクリニックに、行ったことはあります。

山口　恵比寿。僕の友達が恵比寿でやっているんですけれど。

前田　ホリスティックワンっていうところですね、行ったのは。

山口　たぶん、同じところだと思います。

前田　最初は、興味半分で体験しに行ったんです。その時に逆行催眠をやって出てきたのが、一番直近の前世で、坂井三郎（＊日本の海軍軍人。太平洋戦争におけるエース・パイロット）さんと同じ零戦隊にいた人物だったことが分かりました。台南海軍航空隊の零戦搭乗員だったんですね。

山口　じゃあ、その時に戦死したと。

前田　戦死しました。最後はフィリピンで特攻の護衛に行って、自分の基地に帰ってきたら、特攻に飛行機が足りないからお前の飛行機を置いていけと言われて。その後、輸送機で移動中にアメリカの戦闘機に撃墜されて亡くなっています。

山口　悲劇的な最後を遂げた人は、早めに転生すると言いますよね。

転生にかかる期間の平均は120年ぐらいと言われていますが、戦死などで命を落とした場合は半分の5、60年で転生するみたいですね。

その前の前世は分かりましたか？

前田　その前は、イギリスのロンドンにいた、貴族に入るか入らないかぐらいの階級の人物でした。当時のロンドンはダンディズムの盛んな頃で、昔の日本でいう傾奇者《かぶきもの》みたいなことをしていました。

山口　ド派手な格好をしていたということですね。貴族だったら、戦場に出て戦ったりはしなかったんでしょうね。

前田さんからうかがったことがある、信長の家臣だった時の話というのはその前の前世ですか？

前田　もっと前ですね。ちなみに、一番古い前世は中国にいた頃のもので、ファイチという名前だったんですよね。軍隊で、将軍や兵を動かすような地位にいました。

山口　参謀ですか？　時代は春秋戦国とか、そのへんですか？

前田　分からないですね。別の時代では、偉い王様か皇帝の子供みたいな感じでした。

山口　皇太子のような？

前田　はい。でも中国の何時代なのか、自分でも気になっていろいろと本を読んだら、モンゴル帝国がヨーロッパ、ロシアに遠征した時に、フビライだかチンギス・ハンの皇子が軍を統率するために、将軍を何人か連れていったという記述を見つけました。

山口　子供だてらに将軍を連れ歩いていたという。

前田　ロシア遠征に行ってブルガリア、グルジアのロシア領の南端を制圧して、これから西ヨーロッパを征服するぞという時に父親が亡くなって、兵を引いたんです。

山口　なるほど、モンゴルっぽいですね。そう考えると、前田さんがリングス（＊ファイティング・ネットワーク・リングス）であの辺りの国々を見回っていたのは、何か意味深な感じがしますよね。

前田　初めてグルジアの辺りに行った時に、すごく見覚えがあるような感じがしたんですよ。デジャブと言うんですか、「あれ、俺ここ来たことがあったな」と。

山口　考えたら前田さんは、イギリスでクイックキック・リーというリングネームで活躍したことがあるじゃないですか。あの時、イギリスの貴族だった前世のことを思い出したりはしなかったんですか？

前田　ロンドンのリージェント・ストリートの辺りは、「何だかすごい懐かしいな」と思ってよくうろうろしてました。

山口　過去世で生きていた場所へ、今生でもまた訪れるということもあるんですね。前田さん、来世も格闘家に生まれたいですか？

前田　いやー、どうでしょう。来世がどうなるかは分からないですけれど、前に美和さんと江原さんの「オーラの泉」に出た時、「ずっとずっと戦ってきた人」って言われました。本当は今回の人生では、戦いや争い事とは無縁の人生になるはずだったのに、プロレスラーになったから、ちょっと注意しないといけないよと言われましたね。

美輪さんと江原さん曰く、あなたの後ろに二・二六事件の将校がいると。

自分は、二・二六は陸軍とは関係ないだろうと思っていたんです。なぜかと言うと、海軍航空隊の戦記をたくさん読んでいるんですが、著者にもけっこう会いに行ったりしているんですよ。坂井三郎さんだけじゃなくて、そういう関係の人とよく会っています。

ある時、西麻布で飯を食おうと思って歩いていたら、「龍土軒」というレストランがあったんです。フランス料理って書いてあったので、こんなところにフランス料理があるのかと思って入り、店主と話をしてみると、その店は元々市ヶ谷にあって移転してきたと言うんですね。

それで、二・二六事件の将校などが銃殺される前に揮毫《きごう》した辞世の句を持っていると言うんです。

山口　今も持っているんですか？

前田　はい。なぜかそれを冊子にしたやつをくれたんです。二・二六事件の将校ということなので、えー、こんなところで結びついたなと思ってびっくりしましたけれど。

それと、美輪さんには、日本刀なんて絶対に持っちゃだめだ、売りなさいと言われました。

山口　前田さんは、日本刀をコレクションしていましたよね。それは売ってしまったんですか？

前田　先日、三振りのうち二振りを税金のために売りましたね。でも、まだ一振り持っているんですよ。

あの時、美輪さんに、あなたは政治に関わっては絶対にだめよとかいろいろ言われたんです。でもその後、案の定、よせばいいのに民主党に首を突っ込んで。それで小沢一郎氏と揉めてケツをまくって、国税に入られることになってしまったんですけれど。

山口　美輪さんも不思議ですよね。天草四郎の生まれ変わりだと言ってみたり、霊能力がなくなったって言ってみたり。実は天草四郎の生まれ変わりではなかったと言ってみたり。

前田　三島由紀夫が晩年に『英霊の聲』（河出文庫）という小説を出しているのですが、あれは自動書記だったんですって。突然手が動いて、自分で「何で、何で」と言いながら、手が勝手に書いちゃったんです。

「などてすめろぎは人間となりたまいし」とか、そういう言葉が入った二・二六事件に関わる小説なんですね。

三島は、それから二・二六事件に興味が湧いて、どんどん傾倒していくんですよ。

その頃、三島がプロデュースしている演劇があって、それに美輪さんが出演していたのですが、美輪さんが三島を見て、「あなたの後ろに○○という将校がついているわよ」と。

三島は真っ青になったそうです。なぜかと言うと、その人は二・二六事件の首謀者なんですよ。

山口　美輪さんの天草四郎時代に、武田鉄矢さんが部下だったという話もありましたね。

前田　そうなんですか。

山口　武田さんが天草にコンサートか何かで泊まった時に、早朝、なんだか導かれるようにフラフラと歩いていったらしいんです。

そこが、天草の乱の古戦場跡で、何でこんなところに俺は来たんだろうと思って美輪さんに話したら、「それは、私の部下だったからだよ」と言われたそうですね。

山口　なかなかエグい話ですね。初めて会う人でも、こいつはどこかの前世で会ったことがあるとか、分かるんですか？

前田　選手に会った時に、「あれ、以前にも会ったことがあるな」と思ったことがあります。K1のレイ・セフォーは、顔をパッと見た時に、「こいつ、どこかで間違いなく会っているよな」と、すごく懐かしい気持ちになりました。

山口　いつの前世で会ったんですか？

前田　彼についてはどこで出会ったのかは分からないです。「オーラの泉」に出た時に分かったのですが、美輪さんや江原さんにも、間違いなく会っていますよ、顔も覚えていました。

山口　前世でお会いした時も、あのお顔だったんですか？

前田　似たような顔でしたね。江原さんは、相手の武将を呪い殺す祈祷坊主だったんです。

山口　祈祷坊主。じゃあそれも、戦国時代ですね。

美輪さんはどうですか？

前田　美輪さんは、自分の近習の侍で、今生の若い頃と同じ、紅顔の美少年でした。

それと、兼松さんというゲーム制作会社の社長さんと個人的に親しくて、飲んだりするんですけれどね。ある時、寝ていたら夢の中で起こされたんですよ。

山口　夢の中で起こされた……。

前田　その日は、前日徹夜だったので昼寝していたんです。そうしたら、兼松さんそっくりで戦場支度の鎧を着た武者が夢の中に出てきて、名乗りを上げるんです。「それがしは、なんとかかんとか正吉《まさよし》と申すものでござる。子孫に会ったらちゃんと墓参りに来るように伝えてくだされ」と。

変な夢を見たなと思ったんですが、武将の顔があまりにもそっくりだったから彼に夢で見た一部始終を言ったんです。

そしたら、「それ俺の先祖ですよ」って。

山口　先祖……。その人も織田家中にいたんですか？

前田　織田家中にいました。兼松さんの実家は名古屋にあって、秀吉と同じ中村村の出身なんです。夢に出てきたご先祖は兼松又四郎正吉と言って、日本で初めて門松を作った人でもあるんですよ。

（＊編集注：兼松正吉は姉川の戦いに従軍し陣中で正月を迎えて、河原に自生していた蘆で臨時に飾りを作り、武運を祈ったのが門松の始まりという巷説が残る〈Wikipedia より〉）。

山口　この人が正月の門松を発明したんですか？

前田　この人は信長の近習、黒母衣衆という親衛部隊だったんですね。信長が死んだ後は秀吉に仕えて、秀吉が亡くなった後は徳川家に仕えて。最後は尾張、徳川御三家の名古屋藩に仕えて一生を全うしたという。

山口　兼松さんがその人の子孫だとは一切知らない状態で、その夢を見たんですよね？

前田　そうです。

あと、兼松さんはホームパーティーをよく開くんですけれど、その席に40歳代くらいの、着物をちょっと着崩して、えらいかっこよく着ている坊主頭の女の人がいたんです。なんでも古い着物などを売っている人で、着物の帯を、あまり他では見ないちょっと変わった粋な結び方をしていたんです。

それを見た時に、「あれ、これと同じ紐の結び方をしている奴、どこかで見たな」と思って。よくよくその人の顔を見たら、わっと記憶が蘇ってきたんです。

彼女と俺は前世で会っていて、その時は男で、将来こいつはすごい武将になるとみんなが期待していた人物だった。彼も期待に応えようと思って、戦場で一騎掛けして先乗りしたけれど、城壁を飛び降りた時に下からバンと槍で突かれて死んじゃったんですね。

まんみとかいう名前だったなと思ってWikipediaで調べてみたら、万見仙千代《まんみせんちょ》という武将が出てきたんですよ。

山口　実在したんですね。

前田　はい。その人は織田信長に森蘭丸と並び寵愛された近習《きんじゅ》の武将、侍で。

山口　その死因については、前田さんが調べる前に、頭に蘇ってきた記憶だったんですか？

あいつはあんな具合に死んだな、と。

前田　そうです。この話を彼女にしたら、「小さい時から断片的に前世らしき記憶があって、戦国時代の夢を見る。万見仙千代という名前も覚えている」と。

山口　前世のビジョンを見るだけじゃなく、名前もはっきり覚えているとは珍しいですね。

前田　それで、万見は鎧の紐の結び方が独特だったということを思い出したんです。

山口　当時からおしゃれな武将だったんですね。

前田　はい。おしゃれにかっこよく結んでいたから、みんな彼の装いを真似したんです。彼女が全く同じ結び方をしていたから思い出したんですね、きっと。

山口　ということは、前田さんには、織田家中にいた前世の記憶があるということですよね。歴史に名を遺した人も出てきますし、こうなったら前田さん自身が誰だったのかというのが気になりますね。

前田　名前は分からないですね。織田家中で武将だったけれど、途中で死んじゃったみたいな人じゃないですかね。

山口 合戦は覚えていますか？　それとも信長に問い詰められて腹を切ったとか。

前田 それは分からないですね。

山口 ひょっとしたら記憶に蓋をしているのかもしれないですね、自分自身で。なるほどね。
それにしても前田さんは、具体的な記憶をお持ちですね。

前田 そうですね。自分の一番古い記憶というのも、ベビーベッドに寝ていて、赤いセルロイド製のメリーゴーランドみたいなのがぐるぐる回っていて、それを見ながらここはどこなのかなと思っている、というものです。
自分ね、赤ん坊の時の記憶がいっぱいあるんです。

山口 じゃあ、けっこう催眠をかけるとダダ漏れにならないですか？

前田　ダダ漏れとは？

山口　僕も退行催眠が好きでよくかけてもらうんですけれども。だいたい4回ぐらい前世が戻ってきたんですけれど、昔の記憶が部分的によく蘇るんです。

僕は海援隊の医者、船医で山本っていう奴だったんです。その記憶を戻した後に、電車に乗っているとと単調な動きをしているじゃないですか、ガタンゴトンと。そうしたら、カクンと昔の記憶が蘇ってきて。

そういえば、龍馬さんと一緒に甘いお菓子を食べたなあとか、思い出す。で、調べたらあるんですね、幕末にそういうお菓子が流行ったっていう情報が。長州藩のことを揶揄したようなお菓子で、萩焼とかいうのが流行ったらしいんですよ。それを一緒に食べた記憶とか。

あと、火事の時に屋根伝いに逃げたとかね。

そういうのが時々、バーッと蘇ってくるんです。

新日本プロレス界隈で囁かれる不思議体験――プロレスラーが語る怖い話

山口　あと、新日本プロレスの道場にお化けが出たっていう話は本当ですか？

前田　女の子の幽霊が出ますね。自分は一回見たことがあります。たぶんそれは、猪木さんが最初に結婚したアメリカ人女性との間にできた、8歳で亡くなったという文子ちゃんという女の子です。いつも、台所で冷蔵庫の前で佇《たたず》んでいるんですよね。

山口　ＵＷＦの道場には出ましたか。

前田　あそこは、本当に道場とかをやっちゃだめなところなんですよ。

山口　どうしてですか？

前田　あの敷地の真裏は氷川神社で、道場側の敷地の中に、以前はたくさん祠《ほこら》があったんですよ。それが壊れた状態で置いてあって、ちゃんとお祓いもしないで放っておかれてたんです。

山口　なるほど。

前田　それで、ちょっとこれはまずいなと思ってお参りもしていたんですけれど、やっぱりだめでしたね。練習生もそこで事故で亡くなり、あと１人、本当に九死に一生で命は助かりましたけど。あともう１人、配達に来た肉屋さんが道場で突然死したんです。

山口　配達に来た肉屋さんが……。

前田　バイクのＣＢ７５０に乗ってやってきて。自分が遊び半分でそのバイクにまたがったんですが、たまたまパタンと倒しちゃったんですね。

それで肉屋さんが、「俺が起こしてやるよ」って起こして、「また乗っていいよ」といいながら周りの道を2、3歩歩いた瞬間に、足の力がカクンと抜けてバタンと倒れてしまった。

ゴンという音がしましたから、頭を打ったんですね。

起きてこないんで、「大丈夫ですか」って言って抱き上げたら、目が開いたままだったんです。「目を開けたまま伸びてるわ」と思って見るうちに、目からすーっと光が抜けて作り物の目みたいになったんです。「うわ、何これ」と思ったら、その瞬間に「はあ」って大きいため息をついたんですよ。それで、呼吸をしなくなったんです。

そこからはみんなで心臓マッサージや人工呼吸を一所懸命にしたんですが、救急車がなかなか来なくて30分ぐらい経ったんです。それで病院に連れて行ったんですが、結局亡くなっちゃって。死因が分からないということで解剖もしたらしいんですが、脳内の出血もないし、心臓麻痺の兆候もないしというので、結局は不明でした。

まだ30歳代の若さで、新日本プロレスの道場にも配達してくれた、新弟子の頃からよく知っている肉屋さんの跡継ぎだったんですけれど。

山口　そうですか。突然死とは、やはりなにかありそうですね。
あと、猪木さんが霊感的な勘の強さを持っていたというのは本当ですか？

前田　猪木さんですか。猪木さんは瞑想をやっていたんですよ。マハリシ総研がやっている超越瞑想。だから、そうした勘もあったのかもしれないです。自分もマハリシ総研の瞑想を始めたんですよ。

山口　そうですか。あと谷津嘉章さんが霊感が強いとか。

前田　そうなんですか、それは知らないですね。

山口　You Tubeに恐怖対談などアップしていますね。プロレスラーにも、霊感が強い方が多いんでしょうか。

前田　自分の話ですが、思い出したのが、不思議なことがあってね。長男を授かって、妊娠5ヶ月を過ぎて安定期に入ったので、新婚旅行代わりに京都、伊勢に行ったんですね。ついでだから、お伊勢参りもしようと言って。

山口　いいですね。

前田　朝8時ぐらいに、女房は広告カメラマンなので、パシャパシャ撮っていたんですよ。外宮の本殿前に池があって、そこで何百枚も撮って。もちろん、内宮もたくさん撮りました。撮った後に、どんな写真を撮ったのか見ていたんです。

するとＩ枚に、池の真ん中に女性の顔が3つ写っていました。一番左に白虎。下の真ん中に八咫烏。それと龍が9体写っているんですよ。

「うわっ、なんだこれは」と思って。伊勢神宮って結界の強いところじゃないですか。「変なものが出るわけないな」と思って。

山口　確かにそうですね。

前田　それで、千葉の中山の法華経寺で行をたくさん積んだ知り合いがいるので、写真を見てもらったんですね。

するとこ、「これは、北九州の宗像三女神だ」と。

「たぶん、お腹のお子さんか前田さんか、あるいは両方についている守り神のお一方なので、宗像大社に行かれたほうがいいですよ」と言われたんです。

でも、なかなか行けなかったんですが、ある時、アウトサイダーの大会が北九州で開催されることになりました。

いつもはすぐその後に用があって、東京に帰っちゃうというパターンが多かったんですけれど、この時はたまたま行けるなと思ったんです。

で、車で行ったらいきなり途中に前田という町があったんです。そんな町があるんだな、加賀の前田藩の末裔か何かが住んでいるのかなという感じで、車を走らせていたら、次は日明《ひあがり》という町があったんですよ。

山口　ひあがり？

前田　日と明るいという字でひあがりと読むそうです。漢字だと、俺の名前じゃないですか。二つあわせて前田日明じゃん、えーって思って。

これ、絶対に来いっていうことなんだなと。冗談半分に、「現地に着いたら、資金の応援しますとかいう電話がかかってくるような御利益があったりして」と言っていました。

宗像大社についたら、ちゃんと祝詞を大祓から全部唱えて。

それで大祓祝詞の「秘言」も入れてやったら、神殿にぶわっと風が来たんですね。後から思えば、それは神風だった。

急な風だなと思いながら終わって車に乗り込んで、「やっと行くことができてよかったな」と思った瞬間に、電話が鳴りました。

それは、10年近く音信不通だったスポンサーみたいな人からで、「前田君、ちょっと数百万応援したいから、銀行の振込先を教えて」って言うんですよ。

もう、驚いてね。

山口　すごいご利益。

前田　そうなんですよ。こんなことがあるんだなと、みんなで喜んでいました。

パート4　マンデラ効果

——我々が知らない変化の背後にある真実とは？

徐福伝説に見るユダヤ人流入の可能性

山口　今、天皇家の跡継ぎについては男子しか認めないとされているじゃないですか。この理由を僕なりに考えたんですが、ユダヤにもある遺伝子のＹＡＰ遺伝子が、日本人の6割に入っている。

ＹＡＰ遺伝子は男性にしか伝わらないのですが、女子が天皇になるとＹＡＰ遺伝子が途切れてしまうから、その血統を守るために、天皇家は男子が継承すべきとなっているんじゃないかと推察しています。

前田さんは、女性天皇についてはどう思っていますか？

前田　そういう遺伝子の問題も考えると、やっぱり男性天皇のほうがいいんじゃないかと思いますね。

日本史の本を色々読んで調べていたら、日本の支配者層が、古墳時代からは、それ以前と比べて大きく変わったんだろうな、と気がつきますね。

古墳時代以前の日本の領土と言ったら、吉野ヶ里などのような集落の遺跡が多くて大きな墓は存在しないんですが、歴史の中でいきなり古墳という大きな墓が出てきた。

実は古墳って1人だけの墓じゃなくて、後から亡くなった王の家族や家臣、最終的にはつながりが本当にあるのか分からない人なども合葬されているんです。もちろん、1人用の古墳もありますが。

だから、一番大きい仁徳天皇陵なんて、実際に誰が、また何人が埋まっているかまだ分からないんですよ。

山口　そうなんですか。

前田　はい。それもあって、仁徳天皇陵は今、大仙古墳と呼ばれています。

江戸時代は仁徳天皇陵のある村は大山村と言われていたんですが、村の庄屋さんが当時のお代官様に、「森が荒れて汚くなっているので掃除してもいいか」と言ったんですって。

それで皆で森の掃除をしていたら、地面にボコッと穴が開いた。

その穴を覗いたら、中から人骨や色々な副葬品が見つかったという。仁徳天皇陵を研究する人たちの中には、これが初めての盗掘例じゃないかという人もいます。

前方後円墳は丸い部分の真ん中がメインのはずですが、この時に開いた穴の位置は、前方後円墳の一番下、スカート部分のところだった。ということは、大仙古墳には多くの人が埋まっているんですよ。

有名なユダヤ人の格好をした埴輪とかも古墳時代の古墳からしか出てこないこともあり、日本は古墳時代から変わったと思いますね。

それで思い至ったのが、徐福伝説です。中国は秦の時代に不老不死の薬を求めて、徐福という人物を送り出したんですよね。老若男女3000人、いろんな物資などを積んだ大船団で旅立って、最終的に日本に辿りついたという伝説があるんです。

不老不死の薬を見つけるために、当時の学者もいっぱい連れて行っていた。もしかしたらその中に、ユダヤ人ないしはそれに近い人がいたのではないかと思っています。

古墳時代と徐福って、年代的にはどうなんでしょう。

山口　合致します。

前田　合致するんですね。秦だったら、シルクロードを通じて西方のいろんな民族とかとも交流があっただろうし、ユダヤ人も流れてきていると思うんですよ。

山口　絶対にいましたよね。何回かに渡って、ユダヤ人は日本に渡来しているはずだと思います。

前田　ちなみに、秦の時代は青銅器でちゃんちゃんバラバラやったのかと思っていたら違うんですね。あの当時には既に製鉄が始まっていて、鉄剣を持っていた。

山口　鉄剣を持っていたんですか。

前田　古墳からは鏡が大量に出てくるから、古墳時代は青銅文明かと思えば、出てくる剣は全部鉄剣なんですよね。

20年ぐらい前、上野の国立博物館で「日本の刀」という大きな展覧会があったんですよ。

そこに弥生時代の鉄剣も出ていたんですが、弥生時代の鉄剣の中で綺麗なままで発掘されたものを日本の現代の研師が研いで、綺麗に地肌を出しているものが何本かありました。それを見ると、山城伝のすごい名作と比べても全然見劣りしないような、見事な製鉄で作刀しているんですよね。

鎌倉時代が日本刀を作る技術の頂点に至ったと聞いていましたが、それに引けを取らない作りだった。

山口 弥生時代から鎌倉時代まで維持していたんですかね、技術を。

前田 続いていたんでしょうね、鉄を作る技術が。

山口 それが突然、途絶えてしまったということですね。

前田 日本の刀が彎刀《わんとう》になったのは、奈良時代に大和朝廷が東北を占領しに行った際に、東北の軍隊が彎刀を使っていたことから来ていると言われています。

東北地方には、舞草《もくさ》鍛冶の一団がいて、彼らを都に近い岡山に住まわせて、そこから岡山に古備前刀工と言われる有名な刀工集団が出てくる。

古備前に有名な正恒という刀工がいますが、その人のお父さんが舞草鍛冶だという伝承もちゃんとあるんですよね。

だから、日本刀を作る技術や刀社会は、東北から来たんじゃないかという説もあるんですよ。

かと思えば、渡来人の技術じゃないかという説もある。

山城伝といって、京都の刀工集団には来派という、名前に必ず「来」の字がつく一派があるんです。来国行とか来国俊とか、最初は二字銘ですけれど、だんだん来がつくようになった。なぜ「来」の字をつけるのかというと、彼らは半島から来た人々だったからだと言われています。前述した徐福の船団の中に、中国の春秋戦の末期にできた鉄器を作る工人もいたかもしれないし。

山口　そうですね。

前田　関西方面だと京都府や島根県、和歌山県や四国にも徐福伝説が数多く残っているんです。

山口　富士山の麓にもありますね。

前田　彼らは何百隻といった大船団で来たけれど、みんなあちこちに漂流してバラバラになってしまった。

日本海なんて春先でも荒れているし、夏なんて台風もあるしで風に流されてえらいことになるでしょう。

日本の周りは、昔から魔の海域と言われるような、天候が急変して非常に高い波が出るようなところがいっぱいあるんですよね。遣唐使なんて、無事に到着する船は半分もない、という話を聞いたことがありますよ。

山口　昔は船に子供を乗せて、無事に目的地に着いたらその子に財宝を授ける。逆に難破した場合は切り殺す、という「魔除け小僧」を乗せていたそうです。

前田　昔の洋風の、ガレオン船っていうのかな、帆がいっぱいついた船があるじゃないですか。その先端に人魚みたいな女の人の像がよく付いていますが、あれも厄除け、魔除けなんですよね。

山口　なるほど。

戦後日本でＧＨＱにひた隠しにされた神器

山口　ちょっと話が戻りますが、仁徳天皇陵については、戦後にＧＨＱが暴いたという説があるんですけれども。

前田　信憑性はどうなんですかね、その話。

山口　日本各地をかなり調べ回っていたらしいのは確かなんですけれどね。僕の出身地の徳島でも、ＧＨＱが勝手に剣山を掘って、何かを持って帰ったという話があります。

前田　神社関係には知り合いがたくさんいて、よく禰宜《ねぎ》さんとかに話を聞いたりするんですが、終戦直後にＧＨＱが、国家神道破壊のために、神社などにあるご神体を略奪して回ったと言うんですよ。

各地の神社に奉納されていた刀剣類なども、ずいぶん持ち出されたらしいですね。

山口　それらは、今はアメリカにあるんですか？

前田　終戦直後に行方不明になった旧国宝が、いっぱいあるんですよ。

昭和の40年代に、鹿児島の国宝が帰ってきたとかいうニュースがありました。あれは、コンプトン博士という、アメリカの製薬会社会長で、全米一の名刀のコレクターとしても世界的に有名な人が、鹿児島の照国神社にあったという日本刀をアメリカ国内で見つけて、「これはアメリカにあってはならないものだ」と言って神社に返還したんです。

この人は戦前から日本刀を趣味にしていて、日本へも旅に来ていたんですね。巾木《はばき》に島津家の丸十の家紋があったから、キリスト教の十字架と同じと思われて、教会で大事にされていたんですって。

山口　その刀は幸運ですね。三種の神器が熱田神宮にあるという話は前からよく聞きますけれど、本当にあるんですかね。

江戸時代に、三種の神器を見たお坊さんの目が潰れたという伝説もありますが。

前田　そういう伝説もありましたね。熱田神宮の伝承に詳しい神主さんに聞くと、草薙の剣は大きな箱の中にしまわれている。剣を収める箱が傷んできたら、新たに箱を作って箱ごとしまう。その箱が傷んだらさらに一回り大きな箱を作るんですよ。

それを繰り返しているので、剣を収めた箱はもう何重になっているか分からない、巨大な代物なんですよ。

山口　しかも剣を出したら、蛇のように動くという。実際、生で見た人間がいるのかどうか気になりますね。

前田 壇ノ浦で、時の安徳天皇と一緒に草薙の剣が入水したという話があるけれど、あれは実物じゃなくて依代《よりしろ》、レプリカだったんですよね。本体は絶対に社から出してはいけないので、依代を作る。

山口 今の天皇陛下が即位された時に、本当に三種の神器はあったんでしょうか？

前田 多分、あると思いますよ。戦後の神官でも、三種の神器はＧＨＱにも出さなかったでしょうし。

山口 怖いですもんね。八咫の鏡の後ろにユダヤ文字が書かれているという話もありますし、何があるか分かりませんからね。

撤去された呪いの大鳥居――存在する忌地や呪い

前田　東京の羽田空港の駐車場に昔、大鳥居があったじゃないですか。あれ、もともとは空港のそばにあった有名な稲荷神社のものだったんですよね。
　ＧＨＱが軍用機を乗り入れるために羽田空港を拡張しようとして、ブルドーザーを入れてお社からなにから全部更地にした。最後に鳥居をどけようとした瞬間、ブルドーザーがバンとひっくり返ったんです。何回やってもそうなるので、仕方がないからずっと駐車場に残されていたんですよね。

山口　そうそう。平成に入ってようやくお祓いをして撤去できた。あの鳥居、僕が日本通運にいた頃に、僕の上司が担当だったんですよ。絶対に祟《たた》りがあると思って、僕は担当者から外してもらって現場で見ていただけだったんですけれど。

前田　撤去される瞬間を見ていたんですか？

山口　見ました。おかげさまで祟りもなくて、死人も怪我人も出なかったです。
似たような話で、東京の千代田区一番町にある出版社、ぶんか社の3階の編集部の窓から下を見たら、ブルドーザーがひっくり返っているのが見えたんですよ。
「あれは何ですか？」と聞くと、ＧＨＱが工事をやろうと思ったのに、ひっくり返ってしまったブルドーザーだと言うんです。どうも、手をつけてはいけない土地だったらしいんですよ。

前田　日本各地に、そういうところはいっぱいあるみたいですね。

山口　忌地というか聖地というのはけっこうありますよね。

前田　四国もやばい土地ですよね。

山口　本州から見たら海の向こうだから、やっぱりあの世に近いのかもしれません。だからなのか、妙な人がたくさんいましてね、民間の霊能者にもすごい人がいるんですよ。

前田　四国って拝み屋さんがいるじゃないですか。下手したら実際に、人を呪い殺せるような力を持つ人もたくさんいると聞いたんですが。

山口　四国には普通にいます。僕らは子供の頃から霊能者のことをお太夫さんと呼んでいました。

僕が生まれたのは徳島の二軒屋町ですが、ここは出口王仁三郎の大本教徳島支部があったところで、近所にお太夫さんがいました。だから、どこそこのおじさんやおばさんにタヌキが憑いたって騒ぎになった時は、ばあちゃんに「お太夫さん呼んでき」ってよく言われました。

近所にいたお太夫さんはおじさんで、憑物落としをよくやっていました。大人になってから憑物落としの様子を聞いたんですが、すごかったですよ。

あるお婆さんが、犬神に憑かれたというので、その人の家に行って、「どうにか犬神が落ちますように」と拝んだ。そうしたら、憑かれたお婆ちゃんが拝んだ体制のまま、6メートルもその場でジャンプしたって言うんですよ。今の60代くらいの人は、こういった犬神憑きの現場を普段から見ていたようです。

前田　ちょっと冗談みたいな話ですけれど、自分も、藁人形で呪った経験があるんですよ。

高校時代、気に食わない先生がいたんです。

当時、つのだじろうさんの「うしろの百太郎」（講談社）で詳細に丑の刻参りの藁人形のやり方を解説していたので、面白半分にその先生を嫌いな何人かで集まって、小さな藁人形を作ったんです。呪いたい相手の爪や髪の毛がいるというので、職員室に行ってその先生の灰皿の上を見ると爪と髪の毛が入っていたので拾って藁人形にねじ込んで、毎晩丑三つ時に呪いの言葉をかけながらまち針で刺すっていうのを皆でやった。

二十何日目の満願成就の日には何も起きなかったのですが、その3日後には先生が本当に倒れてしまったんです。

山口　僕も小学校の時に、「うしろの百太郎」とかの恐怖マンガブームの影響を受けて、嫌がらせばっかりしてくる東山くんという子に人形を使って呪いをかけたんです。東山くんに見立てた人形を作って足を切って。

そうしたら、東山くんが実際に足を折ったんです。やっぱり呪いって怖いと思いました。

前田　四国の拝み屋さんには、実際に人を殺せるような人もいるって聞いたんですが。

山口　強力な霊能者でいうと、高知のイザナギ流の術師が1000万円で1人殺すと聞いたことがあります。ただ、人殺しは邪道であり、正規のお太夫さんはそんなことはしないと聞きました。

前田　何年か前に、大学の文化人類学か何かの先生が、お太夫さんの弟子になって本を書いていましたよね。

山口　小松和彦さんですかね。イザナギ流も今、後継者がいないということで、若い神官を育てようと頑張っているんです。

イザナギ流には、逆打ちといって死者を蘇らせる術もあると言われています。四国八十八箇所を逆に回るという呪法ですが、さすがに死者が蘇ることはないと思うんですけれどね。

徳島でいろいろと調べてみたところ、陰陽道以外にも、途絶えた流派や技がいっぱいあるということが分かりました。竜を使う技もあったらしいんです。

前田　生駒山地の麓にも、拝み屋さんみたいな人がいっぱいいいましたね。あと、怪しい感じの小規模な新興宗教も山ほどありますね。

山口　昔の中岡俊哉の本を読んでいたら、大阪の生駒山に今でいう「フライングヒューマノイド」が現れたという記述があって驚いたんです。

今でこそUMAとして一般にも知られていますけれども、「空を飛ぶ人間がいるが、その正体は不明である」という内容があったので、その当時から生駒あたりに空を飛べる能力者がいたのかなと思いました。

それと、王仁三郎の最後の弟子に、鶴に乗って空を飛ぶことができる笹目仙人、笹目秀和というおっちゃんがいたんです。絶壁の上に建てられた社に住んでいるとかで、テレビで何度か紹介されていました。番組での扱いは、おもしろおじさんみたいな感じでしたけれど。

ちなみに彼は、平成初期まで存命でした。

伝統的な加持祈祷と現代のヒプノセラピーの類似点とは？

山口　前田さんもいろんな霊能者と会っていらっしゃいますが、美輪さん、江原さん以外で「この人はすごい」という方はいますか？　宜保愛子さんとはお会いしていないんですか？

前田　宜保さんには会っていないですね。何人か得体の知れない拝み屋さんに会ったことがありますけれど、能力があったのかも分からないような人ばかりでした。

山口　そうですか。地元では木村の神様と言われている青森の木村さんという霊能者の女性はガチっぽいですね。前、フジテレビのお偉いさんと心霊学会で一緒になった時、「山口君、ガチだと思う霊能者言ってみ」って言われて。お互いに「木村さん」って意見が一致したんですよ。

前田　飯島愛さんの死を予言した人ですよね。

山口　そうそう。金スマで予言していました。

前田　それなら、レスラーの村上一成（和成）の奥さんはすごいですよ。その木村の神様の弟子だったから。

例えば、村上が外で誰かに会ってから帰宅したら、奥さんにいきなり、「今日会った何々さんは付き合っちゃだめだよ。あの人はこういう人だから」って言われるんだそうです。彼女は若い時からいろいろ見えて、出会った人がどういう人かもすぐに分かるという。

でも、そういう力を持っている自分が嫌だったんですって。例えば、内心で「この人嫌だな」とか思うと、相手が死んじゃったり事故にあったりするから。

山口　村上さんは、奥さんとどこで知り合ったんですか？

前田　彼の奥さんが木村さんの所にいる時に、村上がたまたまそこに行って知り合ったそうです。そして、木村さんに「2人は一緒になるわよ」と言われたそうで。

あと、前、頼んでいた弁護士に誘われて、ある教団に連れていかれたことがあるんですよ。初代の教祖が亡くなられて娘が跡を継いだんですが、その娘の顔を見たら明らかに狐憑きなんですよ。信者の生活相談を受けるんですけれど、内容は全然だめです。

山口　的外れだった。

前田　はい。聞いてる信者たちも狐憑きみたいな顔をしているんで、あれは狐系の教団ですね。

山口　実は僕も、大学生の時に連れて行かれたことがあるんです。高校時代に好きだった女の子に「今度どこか行こうよ」と誘われて、ラッキーと思ってついて行ったら教団施設。仏像とかを順番に拝まされて、「入らない？」と勧誘された。ちょっとこういうのは苦手ですね。

前田　あそこで読むお経をまとめた本があるんですが、内容は仏教の様々な宗派からいいとこどりでまとめただけで、内容は本当にダメですね。

山口　新興宗教にはそういった団体が多いですね。僕は、他の教団に行ったこともありましたよ。これもまた大学時代に女の子に誘われて、ついて行ったら新興宗教だったパターンです。あそこもなんか、おかしな試験みたいなものを受けさせられるんですよ。

僕は初級を受けさせられて、抜群の成績だったので、「あなたは向いているみたいね。こっちの世界に入らないの」と言われましたが、断りました。

あと僕、高校時代の先輩が大川隆法氏なんですよ。

前田　そうなんですか。どこの高校だったんですか？

山口　徳島城南高校です。高校のOB会に出たら、いろんな年代のOBがいて。創価学会や立正佼成会とかいろんなやつがいるから、大川氏の悪口を言うのかなと思ったら、「大川隆法はやっぱりすごい」と褒めるんですよ。東大に行ったからすごいのかな、とは思うんですけれどね。

昔はともかく、今の時代でもああいった新興宗教で人々が救えるものなんですかね？　無理があるような気がしますけれど。

前田　それなら、何年か前に流行ったコーチングのほうが人を幸せにできると思います。あれは人生に応用できますよ。

先述の苫米地さんが、自身の YouTube チャンネルでコーチングの基礎概念を説明していたので見てみたら、仏教や陰陽道でやる護身法と同じなんでびっくりしましたね。自分自身を固めて守っていく方法を、種類によってブラックマジックだ、ホワイトマジックだとやっているんですが、内容がまるきり同じなんです。

一番大事なエッセンスだけ取って現代風に言語化してまとめたものがコーチングですので、現代流の陰陽道といえます。

山口　そう言われたら意外と、現代の最新技術と昔からの伝統的なやり方は似ているのかもしれませんね。昔から、西洋に悪魔祓いってあるじゃないですか。実際にプロが悪魔祓いをしている様子を見たことがあるんですが、前世退行のヒプノセラピーと全く同じ手法なんですよ。

例えば、だんだん階段を降りて地下にいく、みたいなイメージを想起させていって心をほぐしていくんですが、悪魔祓いではどん底にいる本人の意識に階段を上るよう呼びかけて、悪魔から解放させるんです。

つまり、精神医学の手法を悪魔祓いという名前でやっているだけなんだなと思いましたね。結局、いくらテクノロジーが発達しても、人間はずっと同じことをやっているのかな、と思ってしまいました。

前田　世界中に加持祈祷の文化がありますが、あれもやっぱり日本が一番進んでいると思います。昔から、「人を呪わば穴二つ」って言うじゃないですか。だから、呪いをかけたりする時は自分に障りがないように、護身法で神様を呼んで、自分の身を固めて万全にする。

そういうことをするのって日本だけですよね。西洋のカバラや魔法に関する書物を読んでも、護身法は出てこない。たまに出てきても、このような御札を書いて持っておきなさいとか、何かと何かを組み合わせたり、材料を煮たり天日干しにして作った粉を持っておきなさいとか、そういうものばかりで。

山口　日本の加持祈祷って不思議ですよね。滋賀県の坂本の律院というお寺に阿闍梨《あじゃり》がいるんですが、そこの祈祷は頼むとめちゃくちゃ効果があるんです。

僕の知り合いで大阪にいる尼僧からすごいと聞いたんで、本当かと思って行ってみたんですが、これがけっこう効くんですよ。僕のファンの子で、ラジオを聞いて「お母さんが病気で危ないです」と連絡してくる人がけっこういるので、その阿闍梨を紹介してみると、高確率で持ち直すんです。中には、明日明後日で死ぬといわれたような人が半年、数ヶ月といわれた人が1年もつとか。

律院の加持祈祷にどうしてここまでの効果があるのかが本当に分からない。だから実際に、言霊や音霊があるっていうことなんでしょうね。

前田　そもそも密教では、自分の動作や振る舞い、言葉、意志の三つを「身口意《しんくい》の三業」といって、一番大事なものとしています。お経も祝詞も、それを唱える時はその世界に入り込まなくてはいけないんですよ。

例えば、祝詞は高天原にいた神様が、地上のどこかを自分の住むところにしようと見ていたらいい所があった、そこに降りてきたら土着の神様がいた、その神の中にちょっとどうしようもないやつがいたから、そいつを征伐して祓った。そしてやってはならない罪を挙げて、それを犯してる民がいたら話を聞いてやめさせた。すでに罪を犯した奴には呪文を唱えて全部祓った……なんていう内容じゃないですか。唱えながら、祝詞に書かれてある世界に入り込まなくてはいけないんです。

お経も同じで、ちゃんと物語とかストーリーがあるんですよね。先述しましたが、大乗仏教の経典も、はっきり言うと全部瞑想のテキストなんですよ。

山口 読みながら頭の中でイマジネーションを作っていくという。

前田 お経も祝詞も、そこに記された物語を全部覚えて、さらに物語の光景をイマジネーションで頭の中に作りながら唱える。

そして、一番最後に書いてあるマントラを唱えると効力がありますよ、という話なんです。

山口 前田さんは、「この世界はバーチャルリアリティ、仮想空間だ」とおっしゃいましたね。だとしたら、我々がイマジネーションを高めながらマントラ唱えることによって自分なりの仮想空間を作ることができれば、世界を構成している仮想空間にも影響を及ぼすことができるということになりますか？

前田　下手したら、毎朝起きるたびに違う世界にいるかも分からないですね。

山口　違う世界にテレポートしている可能性もありますよね。

マンデラ効果——我々が知らない変化の背後にある真実とは？

前田　それで思い出したんですが、富士山の形が、なんか自分が知っていた形と違うように思うんですよね。

山口　子供の頃に見た記憶と違うんですか？

前田　自分が知っている富士山のイメージは太平洋側から見て、宝永の噴火口がちょっとだけ山梨側に出ていて、すそ野がきれいに広がっているものなんですよね。

それが、今の富士山は宝永の噴火口がボンと突き出ている。昔はこんなに突き出ていなかった気がするんですよね。

山口　マンデラ効果ですね。大部分の人が現実を勘違いしているという話です。

例えば昔、ファンタレモンという味があったと思う。実際に調べてみたらファンタなんかレモンという味が存在していたけれど、記憶よりももっと後に発売されていたとかね。

歴史的な事実とは違うように現実を覚えている人が複数存在する、というのをマンデラ効果といいます。

前田さんもそういう記憶があるということは、意外とマンデラ効果は身近な所にあるのかもしれないですね。

前田　自分が知っている富士山は宝永の噴火口がもっと山梨県側にあったから、太平洋側から見たら綺麗な形だったんですよね。

今はもっとボコッと出ているので、地震がたくさん起きて、どこかのタイミングで穴が広がったのかな、と思ったけれどそういうニュースもないし。「あれ？」と思ってね。

山口　そういう人は多いんですよ。僕も2年ぐらい前に、「中村敦夫さんが亡くなった」というニュースを見たんですよ。「中村さんが亡くなったのか、木枯らし紋次郎、面白かったな」と思っていたら、最近知ったところではまだ活躍していらっしゃるんです。

「あれ、勘違いかな？」と思ってこの体験をラジオで言ったら、「僕も中村敦夫さんが亡くなったというニュースを見た記憶があります」と、視聴者からメールが来たんですよ。

同じような話は、小林亜星さんでもありました。小林亜星さんは最近までお元気だったじゃないですか。

前田　え、小林さんはずっと昔に亡くなったでしょう？

山口　みんなそう思っているんですよ。でも、実際に亡くなったのはつい2年前なんです。

前田　そうなんですか。

山口　そうなんです。調べてみたら現実は違うのに、大勢の人たちが思い込んでいたり勘違いしている……、マンデラ効果って何なんですかね。

ひょっとしたら、我々が知らないところでちょっとずつ世界の仕組みが変わっているということなんでしょうか。その変化が少しずつ起きているから、不思議な違和感が残るのかもしれない。

こういう話をしていると、「1999年に実は人類は滅亡しているんだけれど、『滅亡していない』とみんなが思い込むことによって歴史が修正されて、違う歴史がスタートしている」という考え方があるんですが、これは案外正しいんじゃないかと思ってしまいますね。

他にも、2012年に1回滅びているという説がありますよ。

前田　少し前に、未来人のジョン・タイターが現れて大騒ぎになった時、時間の並びに関する「世界線」という概念が出てきたじゃないですか。

世界線がちょっと違ったら別の世界、パラレルワールドが生まれる、という。昔はこの概念すらなかったじゃないですか。

山口　なかったですね。ちなみにジョン・タイターは何者かと調べていったら、実はイタリア系の兄弟が一芝居打っていたみたいです。YouTubeでそのドキュメントが上がっているんですが、ジョン・タイターの地元とされる地域で、彼と同年代の人にインタビューしても誰も知らないんです。普通、誰か1人ぐらい「俺、中学校の時の同級生だよ」とか名乗り出るじゃないですか。でも誰も出てこないので、どうやら架空の存在みたいです。

でも、ジョン・タイターから出た「世界線」の定義による影響は大きいと僕は思いますね。

前田　もし自分が1回過去に戻っても、その後無事に元の未来に戻れるかどうかは違う。自分が過去に行ったことによって、世界線がちょっとずれてしまうと言うんですよね。

ジョン・タイターがいた未来の世界では昔話題になった2000年問題が大問題になっていて、コンピューターがあっちこっちでおかしくなったり誤動作が起きて大変なことになっていた。幸い、IBMのとある機種にそれを変えるプログラムが入っていたので、そのマシンを取りに彼は過去まで来たんです。

でも、こちらの世界では2000年が過ぎても大規模な誤動作は起きていないので、彼は愕然とした。だから世界線の違う過去に来てしまった、と言っていたらしいんですよね。

山口 ジョン・タイター自体はフェイクの可能性が強いんですけれど、IBMのコンピューターに問題のプログラムが入っている、という事実は一部の人間しか知らなかったんですよね。だから、何で彼は知っていたんだろうと話題になりました。

前田 そうですね。彼以降、自称未来人がいっぱい来ていますよね。

山口 自称未来人は8割が嘘だと思っていますが、1割2割はけっこう本当らしいのがいるんじゃないかなと思っています。

前田 日本でも、2ちゃんねるに次から次へといっぱい来ていましたよ。

山口　中でもわりと当たっていた人が１人いたじゃないですか、２０６２年から来て、東日本大震災を予想していたという。彼は、「今後、海の魚が食べられないようになる」とかいろんなことを予言していたので、これはひょっとしたら面白いかもしれないと思って、「山口敏太郎という名前に聞き覚えがあったら連絡をくれ」と、ダイレクトメールを投げたんです。今の僕たちにとって妖怪といったら水木しげるだけれど、２０６２年の生まれの向こうにとって妖怪といったら山口敏太郎じゃないかと思って。

そうしたら、本当に未来人から返事が来ましたよ。

前田　来たんですか！　返事はなんて書いてありましたか？

山口　「お手柔らかに、エンタメでお願いします」と来たんで、やっぱりフェイクだったかなと思いました。

肉体は衣服にすぎない――精神体だけで営む人間社会という未来

前田　エイリアンについて伺いたいんですが、はるか何千、何万光年を旅するような優れた技術を持っている人間や生命体がいたとして、彼らは本当に肉体は必要なのだろうかと思うのですが。

個人の精神を情報の塊として亜空間内に保持できる、人工的な魂を作るような技術を持っているんじゃないかと考えているんです。

山口　そうですね、技術が高度に発展したら、肉体なんて必要ないかもしれないですしね。

前田　すでにお話ししましたが、ロズウェルに墜落したＵＦＯに乗っていた宇宙人は、「肉体は服みたいなものだ」と話していたという。

だから、実際にそういう技術を持っている宇宙人がいるんですよ。

山口　スタートレックで、一行が漂着した星で技術が相当に発展しているんだけれど、人が誰もいないという星があって。最終的にはやっぱり、その星の知的生命体が究極進化していて、結果、肉体なんかいらないので意識体だけしか存在していないという話がありました。ロズウェルの宇宙人も、それと同じものである可能性が高いと。

前田　だって、何百万光年の彼方から来ることができるとか、タイムマシンまで作れるほどテクノロジーが発達している生物だったとしたら、もう体なんて必要ないじゃないですか。肉体を持っていても、老化したり病気になったり、事故で大きな怪我をすることもあるし、固執していてもいいことがないでしょう。生殖する時だけ自分の好きな肉体に入るぐらいじゃないですか。

山口　中には精神体でセックスするというのもありますよ。彼氏と遠距離恋愛している女性がいるんだけれど、例えば自分が大阪に、彼氏が東京にいたら、間の名古屋で精神体で会ってセックスするとか。そういうのが、既に若い人の間で流行っているらしいですね。

だからいずれ人類の肉体が要らなくなって、精神体だけになるという世界も来るかもしれないですね。

前田　ジョン・タイターの話じゃないけれど、タイムマシンを作れるぐらいの技術があるんだったら、そのシステムを使ってマスコミの情報を変えたり、コンピューターの中の情報を変えたりして、社会をコントロールする技術もあるんじゃないかと思うんです。

山口　僕の事務所に所属している超能力者に、ちかみつという者がいるんです。その人は山伏系の人なんですが、変なことを言うんですよ。

アメリカが、タイムコアコーポレーションという企業を1980年代に遡って創ったと言うんです。それはどういうことだと聞いたら、「過去に作ったことによって、既に死んでいる人も未来の人たちも全部一緒に集結させられる」と。

また今後、歴史上で起こることについてもある程度分かっていて、重大事件が起きる時期の時間調整をする組織があると言うんですよ。僕は絶対嘘だと思ってるんですが、彼は「遠隔透視で見た」と言うんですよね。

でもこれまでの話を踏まえると、アメリカだったら実際にこういった研究や実験をやっている可能性もあるかな、と思うようになりました。

僕の知り合いで、南さんという人がいるんですが、彼は日本でＵＦＯの飛行原理で特許を取った人なんです。検索すると特許庁に名前が載っているぐらいちゃんとした飛行原理で、「時空間に圧力をかけて、ねじ曲がった空間が戻る反動を利用して飛ぶ」という、飛翔体特許です。僕は彼に、何回説明してもらっても理解できないんですけれどね。

その南さんは、「アメリカはもっとすごい技術を持っているから、本格的にこの技術を持ったらアメリカにやられる」と言うんです。彼によれば、アメリカは既に人間を分子レベルに分解して、ある場所から特定の場所まで飛ばして再構築する実験をやっていると言うんです。映画の「ザ・フライ」みたいな実験ですね。

前田　スタートレックで言うテレポーテーションの機械のような？

山口　そうそう。「そんなことできるわけないじゃん」と思うんですけれど、南さんによれば、大学院生レベルが研究で論文を書いている最中だと言うんです。

この話を聞いたのは、今からもう20年前です。だからひょっとしたら、この技術はもう実現してるんじゃないか、と思うんですよね。

でも、ジョン・タイターの「世界線」の話を踏まえると、未来に移動したり転送されたら自分がいた世界とはちょっと違ってしまうらしいですから、この技術も本当に実用化できるのかどうか怪しいところです。

例えばその人が、前田さんを過去だか未来だかに転送させたら、移動した先に現れた前田さんBはちょっとキャラクターが違うわけでしょう。

前田　転送にあたって分子レベルで再構成される際に、分子の並びが精錬されるので、最初の1回目はすごく良くなるらしいですね。でも、何回もやっているうちにずれが大きくなっていって、どんどん劣化していく。

山口　それでも、すでにテレポート用のジャンプルームが火星と地球にあるという話を大真面目にする人がいるじゃないですか。

前田　輪っかに入ったら、転送先の輪っかから出てくるみたいな装置ですよね。

山口　そうそう、そんなのが火星にある。で、地球からテレポートして火星に行ったら恐竜みたいな凶暴な動物がいることが分かったので、火星への移民が難しくなっているとか。

最初は冗談みたいな話だと思ったけれど、現在はそういった技術があるかもしれないところまで来てしまっているので、この話も本当じゃないかな、と思うようになってきました。

前田　未来の話でいえば、今、世界中でいろんな人が、「2025年の7月5日に何かが起こる」と言っているじゃないですか。

実際、自分の前の女房が自衛隊のある偉いさんが退官する時の祝賀パーティーに呼ばれて岩国基地に行ったら、「2025年は絶対に沖縄には行っちゃだめだよ、台湾侵攻が起きるから」って言われたんですって。

山口　今から2年後に台湾侵攻ですか。習近平も最後の勝負をかけるんですかね。だとしたら、沖縄が取られてしまうことも考えられますね。

2025年がここまで話題になるということは、やはり大きなことが起きるのかもしれませんね。

「国籍を奪われた」日本で戦争を経験した韓国人たちの在日問題

山口　ところで、前田さんが前にご自身の視点で在日問題について話していたじゃないですか。前田家は日本統治下の朝鮮半島で育った日本人であるという意識が強いんだけれども、韓国に行ったら韓国語で話しかけられて、答えられないでいると侮辱的なことを言われたと。韓国に対する思いは、やはり複雑なものがあるんでしょうか。

前田　それについて、いろいろと考えるきっかけになったのは、たまたま極真会館の重鎮連中とコラボしてYouTube動画を撮っている、宮本和志君の動画を見てからなんですよ。

彼らは動画の中で師匠、大山総裁が朝鮮人だとか韓国人だと言っていて、その認識で凝り固まっていたんですね。

そこで、Wikipediaで大山総裁の来歴を見たら、彼は１９２３年生まれだった。そこで、次に日韓併合について調べたんです。

山口　日韓併合は１９１０年ですね。

前田　はい、1910年に大山倍達総裁の両親は日韓併合により、日本国籍になった。当時、「日本人になるから義務教育もします。苗字も創氏改名、できたら日本の名前にしてね」という施策をやったということなんですよ。

例えば、日系2世のアメリカ人ならアメリカ人と言うでしょう。日系2世のブラジル人だって自分のことをブラジル人と言うじゃないですか。

1世の人なら元々韓国人だったので、半分ぐらい日本人と言うかもしれませんが、2世だったら感覚もその国の人になるじゃないですか。

大山倍達総裁が生まれたのは併合から13年後で、韓国系日本人2世になります。力道山は1924年生まれなので、大山倍達総裁より年下です。彼らは日韓併合の後に2世として生まれて、日本が施した義務教育をちゃんと受けているから韓国系日本人になるんです。

でも、先のYouTube動画では、みんな大山総帥の弟子なのに、「大山総裁は密航してきた」と言っているんですよ。日韓併合当時のことを調べたら、朝鮮半島西岸の木浦や済州島から回って釜山から日本の福岡、瀬戸内海を巡って終点の大阪に到着する連絡船があったんです。

当時の新聞を読んでも、「日韓併合以来、半島から移民が押し寄せてくる。もう移民を規制したほうがいいんじゃないか」等と書いてある。ということは、往来が自由だった。実質、併合によって国内旅行のようなものなのに、密航する必要はありませんよね。だから、今の弟子たちが言っていることは間違っているんですよ。

山口　そうですね。

前田　別の話で、自分がたまたま靖国神社に行ったときのことです。

神社の中に、当時日本国領土内であった旧台湾や朝鮮半島出身の人たちの英霊も祀られていたんです。半島出身者の英霊については諸説あるんですが、2万1000から2万5000柱がいるんですよ。特攻戦死も30柱。台湾出身者もそれぐらいいるんです。日本は、台湾や朝鮮の人たちに対してはずっと赤紙を出さなかったんですね。赤紙を出したのは昭和19年、戦争が押し迫ってからです。でもその前にも、志願兵が山ほどいたそうです。やっぱり、自分たちも日本人だ、前線に行きたいというのはあったんでしょうね。

そして、終戦の時、陸軍の補給部隊に半島出身の洪思翊《コウシヨク》という中将がいたんですよ。山本七平が『洪思翊中将の処刑』（文藝春秋）という本を書いているんですが、彼は戦犯として絞首刑になったけれども、一切抗弁せずに処刑された、潔いと書いてあるんです。中将もいて、特攻隊までいるとなったら、もう彼らは日本人じゃんと。

山口　そうですよね。

前田　彼らがなんで韓国籍になったのかといったら、ポツダム宣言受諾後の1946年に、日本政府が大慌てで韓国朝鮮台湾の人たちから国籍を取り上げて、「半島や台湾に帰りなさい」としたからです。韓国人はそれで帰ろうとしたんですが、当時の李承晩政権が、「日本に行った裏切り者はいらない」と拒否したんです。

山口　それで、向こうでも行き場所がなくなった。

前田　はい。だから当時の人たちからは、「みんな戦争まで行ったのに、なんでこんなひどいことをするんだ」という声が上がったんですね。それで日本政府も、その人たちに「協定永住権を与えましょう。通名も含めて外国人登録もして、指紋を押捺してください」となったんです。

その辺の調整を先送りにし続けてぐちゃぐちゃになったから、今の外国人参政権がどうのこうのとわけの分からない話になったんですよね。

戦争まで行ったり、戦時中に日本にいたという人たちには、何も言わないで日本国籍をやればよかったじゃないですか。

山口 それはそうですよね。在日問題については僕もちょっと嫌なことがありました。

僕がデビューした当時に、仲のいい子がいたんですね。僕が妖怪の文章を書いて、彼が妖怪の絵を書いて、1年ぐらい一緒にやっていたんですけれど、「山口が陰で、『あいつは朝鮮人だから信用できない』とか言いよったぞ」と、いらんことを言うやつがいたんですよ。本当はそんなこと言っていないのに。

そのせいでコンビは解消になって、何年か経った後で結局嘘だと分かったけれど、「山口君に悪いからもう一緒にできないわ」となったんです。

つまり、いくら仲良くなろうと思っても、面白がっていらんことを言う第三者がいるから友情が崩れてしまう。

前田　確かに戦後、駅前の一等地に勝手に杭を立てたりした人がいましたよ、朝鮮人にも台湾人にも。でもね、そんなことをしては絶対にだめなんですよ。

山口　そうですね。

前田　１９５５年、昭和28年のサンフランシスコ講和条約の締結をもって、日本は国際法上、旧植民地の土地は持ったらだめと決められたんです。

当時の半島系日本人の中には、いきなり戸籍を取り上げられて、半島に帰ろうと思ったら帰る国からも拒絶された人が多かった。だから、１９６０年頃は密航して半島に帰った人もいっぱいいいるんですよ。

それから、李承晩政権の頃に、済州島に軍隊が送り込まれて大虐殺が起きたので、余計に帰れなくなった。その後の朝鮮戦争の時も、半島から日本に逃げて来た人もいます。それでまた話がややこしくなっているんですけれど。

ちなみに彼らは、日本にいる親族を頼って逃げてきたんですよ。1955年以前に、併合されていたから自分の国と思って逃げてきました、と言ったら国際法的に言い訳も立つんです。

大山総裁からしたら、失った国籍をやっと取り戻したというのが正しいんです。

彼は日本人として生まれ育って、志願して山梨の航空隊の整備兵だかパイロットをやっていた。終戦を迎えた翌年に国籍を奪われて、以降は朝鮮人とか言われるようになったから、国籍を日本に戻したんですよ。

山口　僕、在特会の桜井誠君と『超嫌韓論』（青林堂）という本を出しているんです。僕は彼に対して、「韓国人とか朝鮮人を悪し様に言うのも、政治闘争をやっている者同士で言い合うんだったらいいけれど、良心をもっている韓国人にまでいちゃもんをつけても面白いことはない」と、諭す側で対談に出ていたんです。

それでも、共産党系とか社会党系には、「山口は差別主義者だ」と言われましたね。

こうやって歴史を振り返ってみると、やっぱり皆一緒になって同じ国民として戦争を乗り越えてきたわけじゃないですか。だから僕はやっぱり、戦争前から日本にいた、台湾とか朝鮮の人たちはもう日本人とみなしてもいいんじゃないかと思います。

前田　自分もそうですよ。だから生まれた時や、いつこの国に来たのかなどをちゃんと調べて、「日本国に対して忠誠を尽くしますか」と宣誓書類にハンコを押せば、日本国籍をあげればいいじゃないですか。

ただし、いつ日本に来たのか、まずそこで線を引かないとだめです。最低でも1955年のサンフランシスコ講和条約以前に来た人たちかどうかは調べる必要があります。

この年に日本は、国際法上の定義に則って領土の放棄に調印したんだから、それ以前に日本に来た人を認定すればいいだけの話ですよ。

山口　単純に考えればそうなんですけれどね。何でできないのかが不思議でしょうがないです。

前田　そもそも、何で日本に朝鮮学校ができたのかを知っていますか？
１９４６年に日本国籍を取り上げられた人たちがおおぜいいて、密航して韓国に帰った人もいたけれど、大半は半島に帰れなかったんです。それで当時の１世の年寄りや大人は、「子供もいるのに、自分が生まれた国にも見捨てられたのか」と愕然としたんですね。

その後しばらくして、金日成が、「日本に住んでいる在日同胞をいつでも支援する。これからは朝鮮民族として誇りを持ってもらいたい」というのでみんな色めきたったんですよ。「いつでも帰ってきなさい」と言って万景峰号で呼び戻したので、みんな万歳三唱で送り出した。

そして、在日同胞で学校の先生をしていた人たちが、「ちゃんとした民族学校を作りたい」と言いだしたので、１世のお年寄りたちが喜んで自分の持っているお金や土地を提供した。
そこから朝鮮学校ができたんです。全て在日の寄付でできているんです。
北朝鮮や日本の行政は一銭も出していないですよ。だって行政も半島の人たちに、「日本人になれ」と言って義務教育までさせていたのに、結果国籍を取り上げる形になって後ろめたいでしょう。だから、民族学校を黙認したんじゃないですか。

当時の日本政府がしっかり決めずに、何でもかんでも先送りするから、間に挟まったまともな人たちが困っちゃうんですよ。それを利用して、朝鮮戦争から来たわけの分からない密航者みたいな人たちが騒いでいる。

山口　利権ばっかり言いますよね。

前田　在日でも古い家系の人間は、誰も何もそんなことを言わないですよ。

山口　僕は別に、青い目をしている日本人がいてもいいと思っています。日本人的精神を持っているかどうか、その人個人の性質を見なくてはいけないとは思う。だから、ただ権利ばっかり主張する人たちを日本人と認めるよりも、やっぱりその人の資質によって認めてあげるのがいいんじゃないかと思っています。

前田　昔、猪木さんがパラオで島をもらった時に、自分も一緒に現地に行きました。まだ空港の滑走路が土で、ターミナルも藁葺き屋根の時代でした。
当時の60歳以上の人たちと挨拶したら、全員日本語を喋れるんですよ。しかもちゃんと日本の苗字と名前を持っている。
「どうやってつけたんですか？」と聞いたら、学校の先生につけてもらったって言うんです。

山口　日本の童謡も歌うらしいですね。

前田　歌えますね。当時のパラオには4人の酋長がいて、そのうちのバーレスさんという人が猪木さんに、「猪木さんが生きている限りただで使っていいですよ」と猪木アイランドを贈ってくれたんですが、その人が言うには、「パラオはドイツ、日本、アメリカと占領地が変わった」と。
「でも、パラオ人にとって一番良かったのは日本。なぜなら日本は学校まで作ってくれた。ドイツ、アメリカは搾取するだけだった」と言っていました。

第二次世界大戦のときは、兵隊がペリリュー島に戦いに行くときになって島民が、「一緒に行かせてくれ」と言ったら、今まで仲良くしてくれたのに、「お前らみたいな土人はついてくるんじゃない」と散々蔑んで、殴ったりまでしてきた。

ところが、戦争が終わってから、島に行った兵士たちが全員、玉砕していたことを知るんです。

「だから兵隊たちは、俺らに着いて来るなって言ったんだと理解しました」と、涙を流しながら話してくれました。

山口　前田さんは前に飲み会で、「我々の一族で何人が日本のために血を流したと思っているんだ」ということをおっしゃっていましたが、そういう視点が僕らには欠けていますね。

前田　なぜ台湾人がすごく親日で韓国は反日なのか、それにも理由があるんですよ。

台湾は日本の領土になった頃は王朝も何もなく、ただの中国の一地方の島でした。でも半島には、曲がりなりにも5000年前から続くという王朝があって、約1％の王族と8％ぐらいの両班（＊高麗、李氏朝鮮王朝時代の、官僚機構・支配機構を担った支配階級の身分）

がいたんです。
彼らは貴族階級でいい暮らしをしていましたが、それ以外の国民は全部農奴ですよ。

山口 ひどかったらしいですね。

前田 職人も商人も教育者もない、両班に仕える奴隷です。それを日本は、韓国併合時に全部解放したんです。だから王族を含む10％の特権階級の奴らは日本を忌み嫌ったんです。
その恨みが戦後も残って、反日教育などをやっているんですよ。

山口 結局、両班の末裔たちが反日を扇動していると。朝鮮でも、年配の人は日本の統治は悪くなかったと言いますものね。

前田 ところが韓国はそれを、また反日の材料にしている。韓国の政治家って、アメリカや日本の言うとおりにやってきただけなんです。国民の人気取りができない時もあるので、人気が薄くなったら反日を言い出せば政権を保てるんです。

その根底には、日本と韓国との大きな違いがあるんです。日韓併合した頃の日本は明治の終わりだから、明治維新が起きて義務教育も始まり40年ぐらい、みんな平均的に学力や良識等が上がっている頃です。

一方韓国は、長く続いた李朝政権の末期で、日本の幕末のような騒乱状態だったんです。そんな連中が入ってきたのだから、軋轢《あつれき》がありますよ。そういった軋轢や行き違いが大きくなって、関東大震災の時に虐殺が起きたりもしたんです。

山口　ありましたね。あれは確か、千葉だったかな。

前田　日韓併合時代に日本に来た韓国人の中には、どうしようもないな、という態度だった人たちもいると思うんですよ。

また、日本は台湾に対して、昔の中国の歴史や文化に親しんでいたからその延長線上ということで親近感もあった。

けれども韓国に対しては、「ロシアから攻められようとしている時に日本が助けてやった、お金を出して整備してやった」という認識があった。

そもそも朝鮮人と台湾人に対して日本人の態度が違ったんですから、仲が悪くもなりますよ。

山口　今度、韓国には比較的に日本寄りの政権ができましたけれど。

前田　あの人は法曹界出身の学識者で検事だから、反日が得なのかの判断ができる。ソウル大学の教授が反日社会を批判する本も書いているし、実情を分かっているんじゃないですか。

今の韓国では義務教育の時から反日を刷り込まれているけれど、今ここで断ち切れるとは言わないまでも、自由な捉え方に変えていこうとするんじゃないですか。

山口　かなり頭のいい人なんですね。その話を聞いて、僕もずいぶん前向きになりました。

前田　日韓国交回復交渉の頃の韓国は、国民総生産的に言うと世界の最下位ですよ。国を何とかしようとするためにお金がいる。だからいちゃもんつけてでも、何としても日本から金を引っ張れるだけ引っ張ろうと思ったんじゃないですかね。

山口　それはそうでしょうね。

前田　今の韓国の五大財閥があるじゃないですか。あれ全部、パク・チョンヒの仲間ですよ。

山口　ロシアのオルガルヒみたいなものですね。

前田　今、日本に対して、徴用で引っ張った時のお金を韓国の財閥が出すかどうかって言っているじゃないですか。あれ、何でか知っていますか？

日韓国交回復の時に支払われた金。本当は対韓国国民の保障にあてるはずの金までも、財閥にばらまいて国の殖産振興に使ったんです。財閥はそれを分かっているから出すんですよ。

バイデンが始めた戦争——回避できたウクライナ侵攻

山口 なるほど。では、アメリカのバイデン政権に関してはどう思いますか?

前田 バイデンはだめですね。もしトランプのままだったらウクライナ侵攻は絶対に起きていなかったですよ。

山口 トランプだったら、もうちょっとうまいことやっていたと。

前田 アメリカは今回の戦争、ウクライナ問題について全く首を突っ込むことはないでしょう。ウクライナにNATOに入りたいと言わせていたら、ロシアが苛立つことは目に見えているじゃないですか。戦争させないでおこうと思ったら、NATOも介入するかもしれないと匂わせておけばよかった。

あれは、バイデンがやらせた戦争ですよ。だってトランプ政権の時は1回も戦争がなかった、それどころか、アフガンも停戦させたじゃないですか。なんだかんだ言ってトランプは偉いですよ。

山口　そうですね、今トランプの再選活動がありますが、どうでしょうか。バイデンとトランプは今のところ競り合っている状態ですが。

前田　トランプに勝ってほしいですね。トランプも次から次へと嫌がらせされているじゃないですか、よく頑張って耐えているなと思うんですよね。バイデンはアルツハイマーじゃないですか？　大丈夫かな、あれ本当にバイデン本人かなと思うんですよね。

山口　彼はいらないことをよく言いますよね。認知症が入っているような。ましてやこれから4年後となったら、もうもたないでしょう。

前田　それと、日本では世論的に、ウクライナに味方するような向きがあるでしょう。でも、自分はロシアについては選手の交流などもあったので、ロシアの政治はともかくロシア人は好きなんです。ロシア人について、日本人はちょっと誤解したイメージを持っていると思うんですけれども、一人一人は、昭和40年代のおっちゃんおばちゃんみたいな懐かしい感じの人ばっかりです。

山口　素朴な日本人みたいな。

前田　そう、義理人情が分かるんですよ。例えばプライドという団体ができて、数々の選手がギャラ3倍や5倍だとかで引き抜かれていく中、リングスという自分がやっている団体では、ロシア人は誰も動かなかったですね。

山口　金ではないと。

前田　お前とは心と心でつながっているんだからとか言って。

そういうところが、日本人と一番合う人種じゃないかなと思うんです。

だから、将来には日ソ関係がよくなってほしい。ロシアは天然資源が国単位で言うと世界一豊富で、種類も多いところですから、日本の技術力、製造業の力と、ロシアの天然資源などをうまく組み合わせれば、産業としてもすごいものになるのではないかと。

それに、ロシアは軍事技術や宇宙開発の面でもすごいので、学べることも多いでしょうしね。

パート5　政治家に滅ぼされる日本

破綻間近と囁かれる中国経済と、その裏で進められる中国人上位層による「日本買い」

山口　日本人には、危機感がないですよね。

前田　今の日本の状況は、秀吉の朝鮮征伐の頃の朝鮮とそっくりなんですよね。秀吉の朝鮮征伐を朝鮮側の視点でルポルタージュ形式で書いた韓国人作家の本があって、読んだら今の日本とそっくり。朝鮮から見た日本も儒学と礼の国だから、武士が天皇を差し置いて戦争に来るわけがないと、何の用意もしていなかったんです。それどころかおもてなしの用意すらしていた。

しかし、いきなり武士の一団が攻めてきて、わけも分からずに逃げ惑ったわけですね。当時の李朝は中国の科挙を受験してそのまま中国で出世したり、科挙で上位の成績を取れたら韓国に帰っても出世するものだから、武士や兵が蔑まれていたんですね。上がそういう認識だから、下の人たちももう平和を享受して何の危機感もなかったんです。

山口　なるほど、今の日本で自衛隊が認められていないのと同じような状況ですね。でも、中国が来年、経済的に崩壊するという説もあるじゃないですか。

前田　中国にも、日本の県や州みたいな地方に省があるじゃないですか。省長に据えられたらえらいことになるんですよ。賄賂の山で、みんな兆単位の財産を築くんです。だからみんな地位から降ろされたくなくて、経済がちゃんと勃興しているという嘘の報告書を書くんです。

山口　この嘘が来年ぐらいに明らかになって、中国経済は完全に崩壊するという説があるんです。

前田　とはいえ中国はやっぱり共産主義の一党独裁なので。ここに金がいる、となるとぼんと大金を放り込めるんですよね。それで国内経済をなんとかやってきたけれど、そろそろ限界じゃないかという人が出てきているのは確かですね。

山口　中国の金持ちにも、破産する人が増えてくるんじゃないかという話があって。

だから台湾侵攻と、中国が経済的にバラバラになって潰れるのとどちらが先だろうという話になっています。

前田　そういう中国の上位層の人たちがいざとなった時に逃げてくるために、日本の土地が買われているんですよ。

東京でも高層高級マンションができると、最上階は99％ほども、中国人に買われているんですよ。東京の有明に、半分ぐらいの部屋が中国人が住んでいるところがあるんです。中国人はほとんどルールを守らないので、マンションがめちゃめちゃに汚れてしまう。駐車場などの共有スペースにも、もうタバコの吸い殻とか山盛りで。

山口　先に話が出ていましたが、中国人は水源を買っているらしいですね。

前田　今、中国では昭和40年代の日本みたいにいろいろな公害問題が起きているんですよね。イタイイタイ病みたいなものまであるらしいですよ。

山口　中国人の友達が言っていますけれども、上海に帰ると目が痛くてしょうがないと。日本にいたほうがよっぽど空気がよくて快適だと。

前田　中国は基本的に、自分のことしか考えていないですからね。公の空気をキレイに保とうとかいう意識が薄い。

政治家に滅ぼされる日本

山口　日本人は本当に平和ボケしていますよね。石原慎太郎が一発ぐらい核兵器を撃たれたほうが、日本が目が覚めるんじゃないか、と言ったのが分かるような気がします。

前田　今だって、異次元の少子化対策とか言っていますが、アフリカとかいろんな国で20何兆円ばらまくぐらいだから、せめて3兆ぐらいは少子化対策に予算を割くのかと思ったら金がないって言っている。

今の日本の財政って、ゆるゆるなんですよ。ある予算を取ってきて使い切れなかったら、翌年は同じ額が取れなくなってしまうので、維持するためにめちゃくちゃ大盤振る舞いの無駄遣いをしているんですよ。そんな金を使わないまま残して、四方八方から集めたらあっという間に大きな額が調達できるじゃないですか。

海外に援助するお金も貿易予備費だ、円の価値が下がった時に為替を救済するために使うお金だと言うのなら、その分をちょっと回せばいいだけじゃないですか。

為替にならら何十兆何百兆と突っ込むのに、子育てなどの大事なところには出し渋るし、議論もしないんですよ。少子化対策なんて3兆もあればかなりのことができるでしょうに。消費税のほうがまだいろいろと議論されています。

山口　なんでやらないんですかね。彼らは子どもを減らして日本を滅ぼしたいんですかね。

子供が増えない、人口が少なくなる、どうしようとみんな言っていますけれど、補助金を増やしたらいいんじゃないかと思っているんですが、どうでしょうか。

前田　知っていますか？　日本より、もしかしたら東京都より予算規模の低いオランダが子育て支援に何をやっているか。子どものいる家庭を国がすごく手厚く援助しているんです。預けるところもただ、医療や学校もただ。いろんな補助金で、無理せずに充分育てていける。オランダの選手と話すと、みんな独身だけれど、子どもが何人かいるんです。

山口　医療費もそうですか。日本は出産にもお金がかかりますよね。

前田　向こうは出産にかかる費用も全部ただだ。本当に異次元の少子化対策と言うんだったら、オランダぐらいやらなくちゃ。

山口　子供3人育てるのに、月に20万円補助するとか、それぐらいやったら子供を作るんでしょうけれど。

前田　今子供を作るとなっても、先行きに金がかかるからちょっと無理だとみんな思うでしょう。だから、学資保険ってあるじゃないですか。大学は300万、高校は150万、中学校は100万ぐらいの入学金まで保険でカバーできればいいですよね。

山口　何かとお金がかかりますからね。給食費やら制服代やら。

前田　異次元って言うからどんなことをするのかなと思ったら、アホみたいなことを言っているだけじゃないですか。どこが異次元やねん、お前の頭が異次元かと。

山口　そうですよね。子供がこのまま増えなかったら日本はだめになりますよね。人口が6000万人、7000万人のイタリアとかイギリス規模になったらアウトです。

前田　今、海外から多くの外国人が来ているじゃないですか。「日本に来てどう思いました?」とインタビューする動画を見たら、「日本は子供が少なくてお年寄りばっかりだね」とみんな言うんだよ。そう言われればそうだな、と思います。

山口　子供を預ける保育所すら、充分にない状態ですからね。

前田　待機児童問題も、何十年も前から言っていて解決しないでしょう。そもそも解決しようとしてないいんですね。

この間も6歳の子が親に殺されたという事件があったじゃないですか。日本の児童相談所って役に立たないね、本当に。

山口　いつも手遅れなんですよね。「助けてください」と子供に言われた時点で保護すればいいのに。

前田　アメリカだったら、子供からの救助要請があったらその時点で逮捕ですよ。刑務所に入れられて子供は保護されて、場合によってはそのまま別の家庭に養子縁組されちゃいます。

今、いろんなことがおかしいですよね。子供に見せちゃいけないものとか聞かせちゃいけないことが野放しだし。自分らが高校の時は、ちょっと悪さした程度ですぐにおまわりさんが飛んできましたけれどね。

今は新宿の歌舞伎町にある病院の周りに、10代や20歳前後の女の子が立ちんぼをやっている。まったく、新宿警察署少年課は何をやっているのか。

山口　本当にここ数年は、警察もやる気がないですね。前、うちの事務所でアイドルをやっている若い女の子がネットで、「横浜のライブで殺してやる」と殺害予告されたんですよ。それで、事務所がある船橋の警察署に相談に行ったら、ライブ会場が横浜だから横浜の警察に相談しなさいと言われて、絶対に動いてくれないんです。アクセスログで割り出したらどこの誰が書いたか簡単に分かるじゃないですか。それなのにやってくれない。

前田　学校の先生にも、ひどいのがいっぱいいますしね。

山口　そうなんですか。

前田　うちの息子は私立に行っているんですが、他の子と比べると元気なもんでたまに学校に呼び出されて、女房が行って謝るというのをやっていたんですよね。

子供に「何をやったの」と聞いたら、「ちょっと小突いたらひっくり返って、擦り傷くらいの怪我をした」とか、そんなことばっかりなんですよ。

それで、卒業式の時に担任に会ったから、

「前田の父親ですけれども、長い間お騒がせしてすいません。大変お世話になりました」と前に出て話しかけたのに、無視。

山口　何でですか？

前田　分からないです。「このやろう」と思ったけれど。こんなのが先生かと思うと話にならない。

山口　そうですね。生徒の心の痛みとかが分かる人が少ないですからね。

僕は、学校の先生は民間企業で10年ぐらい働いた人がなったほうがいいんじゃないかなと思うんですよ。いきなり大学を出て、社会経験もろくにないような人が急に先生になったとしても難しいじゃないですか。

やっぱり、人の苦労とか、つらさとかが分かる人がならないといけないですよね。

前田　日本の学生もかわいそうですよ。お金がないから進路は国立だ公立だと言っているでしょう。それでも、費用はゼロではない。
海外では、国公立は無料という国が多いです。税金で経営しているから。

山口　そうですね、教育にかかる金はタダにしなくちゃいけない気がします。

前田　それでも昔は､国公立はまだだいぶん安かったですよね。今はもう学費も倍以上になっているのではないでしょうか。それでいて、教育に対する予算は全然増やさないんですよ。知っていますか？　日本は国から大学に出る研究費が、一番多い東大でも200億ですよ。一方で、アメリカのイェール大学は1兆6000億です。

山口　全然違うじゃないですか。

前田　イギリスも国民総生産は日本の半分ぐらいですけれど、ケンブリッジ大学で6000億。だから、欧米と比べたら日本の研究者はかわいそうだと思ってしまいます。

山口　長い目で見たら負けますものね。日本人科学者がノーベル賞を取ったとか話題になりますが、今では頭のいい人は全員、海外に行っちゃうんですよ。海外で潤沢な研究費をもらって、それでノーベル賞を取っている。日本にいたら食えないからね。

前田　もう、頭脳流出は当たり前になっていますね。

山口　深刻な問題ですよね。20年後、30年後になったら、日本にはろくな研究者がいない状態になってしまうでしょうね。

前田　日本人でノーベル賞を取っている人たちは、受験勉強でも競争率10何倍という難関をくぐり抜けて大学に入ったような人たちばかりでしょう。その時代の人たちは、業績もすごい。今の日本の大学は、下手したら定員割れしますから。

山口　少子化ももちろんありますし、大学が増えすぎたということもあるんでしょうね。
大学はもっと、専門色を濃くしたらいいんですよ。何でもかんでも作ったらいいというものじゃないですよね。

前田　日本の政治家って、何で教育に力を入れないのかな。

山口　日本を滅ぼそうとしているようにしか見えないですよね。

前田　本当ですよね。こんなことを言ったら都市伝説とか言われそうですが、実際にそうじゃないかという。

山口　そうなんですよ。人口も、去年から急に減っているでしょう。

前田　もっと前からですよ。毎年30万人ずつぐらい減っている。

新型コロナウイルスのワクチン接種で、最近はさらに死亡者が増えています。だから2040年とか2050年頃には、人口が7000万人ぐらいになると言われていますね。

山口　今や、誕生する人より死者のほうが多いですよ。日本神話で、黄泉比良坂《よもつひらさか》でイザナギノミコトがイザナミノミコトに、「1日1000人殺すなら、こっちは1日に1500人産んでやる」と言って、それ以来生者が多くなって人口は増加してきた。でも今は、もう死んでいく人のほうが多いんですよね。毎年、一つの町が消えるぐらいの人口が減るらしいですから。

前田　最近の新生児の数は、だいたい80万人ぐらいでしょう。自分の頃は、第二次ベビーブームで210万人とかだったんですからね、2倍以上でした。

山口　人口減は本当にやばいです。今、日本中のいろんな伝統芸能で継ぐ人が少なくなっているじゃないですか。歌舞伎役者も減ってきているし。若手が頑張っていますけれど、市川猿之助さん事件みたいに自殺未遂があったり。

それに、地方の神楽とか舞などを踊る人が少なくなっているんですね。こじんまりした田舎の芸能でも、残さなきゃいけないのに、その里に人自体がいないんですよ。貴重な行事が消えても、田舎の新聞の片隅に載って終わりです。

前田　電車に乗っているとたまに山奥にポツポツと見える村落も、もう空き家だらけで無人状態になっている地域がたくさんあるらしいですね。

山口　空き家問題は多いです。夏しか村民が来ない村もあります。夏以外はふもとの町に住む息子や娘のところにいて、夏場だけ百姓仕事をやりに集落に行く、そんな村が増えてきている。これじゃ、日本の山村もいずれ滅亡するなと。

前田　都会だったら、団地がスラム化しますよ。田舎の空き家に住み込むやつも出てくるだろうから、何をやって暮らしているのか分からないような農村がいっぱいできるでしょうね。学校だって、子供が少なくなってどんどん閉校しているけれど、これからまた子供が増えたらどうするのかと思います。

10年後、20年後、30年後を考えずに政治をやっているんです。

山口　とりあえず、自分が生きている間だけ逃げ切れたらいいという政治家が多いんですよね。「自分の息子の代になって困っても、うちらの責任と違うがな」という感じの。

前田　最近のニュースでも、幼稚園の近くに住んでいる人から、子供の声がうるさすぎるから何とかしてくれという苦情が出ているとかね。

でも、自分に子供ができる前までは、自分もそういう部分がありました。例えば、新幹線に乗って寝ている時に、子供がワーワー言っていたら、昔はうるさいなと思いましたけれど。いざ、子供ができると、他人の子でも泣いていたら、「お腹が減っているのかな、オムツなのかな」と思ったりして、うるさいとは思わなくなりましたものね。

思うに、今の世の中に子供が少なすぎるんですよ。だから、大人の心にあるはずの、子供は守るべきものという感覚のスイッチが入らなくなっているんです。

山口　それは言えますね。僕も子供を作って1年半になりました。嫁さんが子宮癌になった時に子宮を取ってしまったので、僕の精子とウクライナの女性の卵子を合わせて、人工受精で産んでもらったんですね。

前田　男の子でしたよね。ハーフの第一世代ってめちゃめちゃ優秀なんですよ。優勢遺伝子の塊なんです。

山口　そうなんですか。僕の息子も普通の日本人みたいな顔をしていますけれど、時々ハーフだなという感じがします。

前田　どんな時ですか？

山口　笑った時。寝ていてテレビを見ていたら、とことこと歩いてきてにやっと笑った顔なんか、「こいつ、白人の顔だな」と思う時はあります。

前田　めちゃくちゃ可愛いでしょう。よく「目の中に入れても痛くない」って言うけれど、あれ本当ですね。

山口　僕も前田さんと一緒で、移動中に仮眠を取ることが多いんです。昔は子供が泣いていたら、しばいたろうかと思うぐらいイライラすることもあったんですね。
　でも、子供ができたら確かにそんな感覚はなくなりました。子供ってやっぱり、人間の父性本能や母性本能を呼び覚ます力があるのかもしれないですね。

前田　昔の人は、子供ができなかったら養子をもらうことが多かったじゃないですか。でも今はもう、すごく条件が厳しくて。40歳以上は養子をとれないんですよ。それで、夫婦じゃなきゃだめとか、収入はとか、細かく審査があるんです。

山口　そうなんです。ウクライナで作るというのは最終手段でした。

前田　いつウクライナに行ったんですか。

山口　２０２１年の１月５日に生まれたから、あちらの母体が落ち着いた時に迎えに行こうということになり、嫁さんが１月の末に行ったんです。その３週間後に、ロシアが攻めてきた。

前田　危なかったですね、時期的に。

山口　ロシア侵攻の後は、子供のいた病院は跡形もなく破壊されていて、下手したら死んでいた。危なかったです、本当に。

前田　その子には、生まれながらの強運があるのかもしれないですね。

山口　ちなみに、いっしょに風呂に入っていたら、いきなりパンチとか蹴りとか見舞ってくるんですよ。これ、新日本プロレス見せすぎたなと。

　橋本真也の生きている時の試合とかを見せていたら、同じような格好をするんですよね。ピシピシとかパンチしてきて。レスラーだけにはなったらいかんと言おうと思っているんですけれどね。

前田　レスラーは、引退したらみんな杖ついていますものね。

山口　武藤さんも車椅子ですよね。

前田　両膝とも、人工関節です。

山口　前田さんは大丈夫なんですか？

前田　大丈夫です。腰を手術しなくちゃいけないとずっと言われていたんですが、この頃は調子がいいです。
3、4年前がかなりひどくて、しょっちゅうぎっくり腰になっていた。20キロぐらいの石油を持っただけで歩けなくなるような感じでした。この頃は調子がいいですね。

若者に告ぐ――〇〇の鬼となれ！

山口　ところで、今度、怪獣プロレスというのをやるんですよ。

前田　怪獣プロレスですか。

山口　ええ。怪獣とか化け物でプロレスをするんです。怪獣や未確認生物の着ぐるみを着て戦うものなので、中のレスラーはヘロヘロです。
9月に旗揚げをするので、未確認生物のほうの演出やキャラ設定とか、全部手伝ってくれと言われたので。

矢口さんという大仁田さんと組んでいたレスラーが立ち上げたんです。アメリカで人気の怪獣プロレスというのがあるのですが、もともと怪獣は日本が本場だから、日本でも怪獣プロレスをやろうと。

ちょうど今、ヒバゴンの着ぐるみを作っている最中です。多分、ヒバゴンは10分戦ったらヘトヘトになるでしょうね。

前田　大変ですね。

山口　大変です。怪獣プロレスは、配信でやろうとしているんですよ。けっこう人気が出るんじゃないかなと思っていて。今、ガタイのいい総合レスラーが集まっているみたいですね。

前田　着ぐるみだと、慣れるまではガタイのいい総合の選手でも相当しんどいです。

山口　周りが広くは見えないらしいですね。

前田　見えないし、息もできないし。

山口　本当、ライガー選手も相当きついと思いますが、ライガー選手以上にきついでしょうね。尻尾も重たいらしいです。

前田　はるかにきついですよ、着ぐるみは。

山口　大きな尻尾を付けた状態で、相手にジャーマンをかけたりするとか。本当にプロレスとしてできるのかなと思っていますが。
いずれ、円谷プロともタイアップして何かやりたいなと思っていますけれど。

前田　円谷プロ、あんなにいいキャラクターをたくさん持っていて、全然活かしていないですよね。マーベル映画なら、いろんなヒーローをコラボさせたり、宇宙人と戦わせてみたり、いいアイディアだと思いますね。

山口　円谷プロも、ウルトラマンだけではなく、ファイヤーマンとかいろんなキャラクターがいるじゃないですか。全部、オールスターズで出しちゃえば面白いのになと。

前田　そうですよね。

山口　ウルトラ兄弟だけですからね、ジャイアント馬場と一緒にやっているのは。

そういえば、円谷プロが認めているレスラーが名古屋にいるんですよ。ウルトラマンロビンといって、怪獣プロレスにも参加することになったんですが、ちょっとしょっぱいらしいんですよ。僕も試合を見たんですけれど、あんまり面白い試合をやってくれないんです。

前田　プロレスは難しいですよ。ちゃんとしたのができるようになるのは、10年選手ぐらいからですね。

山口　前田さんは、お子さんにはレスリングをさせていますか？

前田　いやあ、格闘技はね、孫の世代に頑張ってもらいましょう。

山口　あんまり興味ないんですか。

前田　興味がないというか、自分のほうが、プロになるというのはちょっとどうかな、というところがあるんです。

自分が越えてきた、昭和、平成の格闘技業界というのはちょっと厳しいなあという話がいっぱいあるんですよね。それを、息子に経験させるにはしのびないというか。

今、息子に大事だと伝えたいのは、言葉とコミュニケーション能力ですね。コミュニケーション能力を磨くのはとても有意義で、そのためには言葉がいるだろうし。

山口さんは、息子さんにどう育ってほしいですか？

山口　今の若い世代の人たちは浅いですよね。ちょこちょこっとやっただけで満足しているみたいな。

僕らの頃ってインターネットもなかったから、自分の好きなことについては足を使って調べたり、資料をもらえれば読み込んで実践してみたりね。

例えば僕は、プロレス研究会だったんですけれど、NWA王者なら初代から何十代まで名前を言えるとかね。そういう極端なマニアだったんですよ。

落語研究会に入っている人だったら、「俺、志ん朝の落語、完コピできるぞ」とかね。最近はそうしたこだわりの人が少なくなってきている。僕ら50代に比べたら淡白なんですよね。何でももっと、追求していかないのかなと。

だから、もっと極めたいという意欲があればいい。コンピューター時代だからこそ、人間の力が必要なんですよ。妖怪なら妖怪を突き詰めていく強さを持ってほしいし、なんらかの専門職になってもらいたいなとは非常に思います。


いろんな分野の専門家がもっと増えれば、この国はもっと良くなってくるのじゃないかなとも思えます。みんなが同じようなサラリーマンになったら、日本という国は終わっちゃうんじゃないかなという気がします。

だから、もっとマニアになれという言い方が一番適切かもしれないですね。

前田　夢中になれることを見つけてほしいですよね。

山口　そう、何でもそうだと思うんですよ。スポーツでも勉強でも。数学キチみたいに、数学をやりたければ数学をやればいいじゃないですか。キチみたいにやっているうちに、人生が見えてくるような気がするんですよね。

要するに、◯◯キチが少なくなっているんですよ。そういう人たちが増えていけば、キチがこの国を救うんじゃないかなとは思います。

前田　確かに、◯◯キチ、◯◯の虫とか、◯◯の鬼とか言われる人が少なくなりましたね。

山口　昔は、どんな業界でもいましたよね。この仕事をやらせたらあの人は鬼だとか。本当に、夢中になれるものを見つけてほしい。特に日本は、先人に学ぶことが本当に多い国です。

日本人にしかできない技術における器用さももちろんですが、精神面でも素晴らしいものがあった。だから、僕の子供にも、今の若い人にも、もうちょっと頑張ってもらいたいなと思います。

前田　日本人には、他の国の人には真似できないものが非常にたくさんありますからね。

山口　はい、本当にそのとおりです。

今回の対談も、とても勉強になりました。前田さんの広い胸を借りることができて、すごくありがたかったです。

前田　こちらこそ、いろいろと勉強になりました。ありがとうございました。

前田日明（まえだ あきら）

大阪府大阪市大正区出身。1959 年生まれ。【身長】192cm【体重】115kg【趣味】釣り、読書、日本刀の収集、研究、零戦

幼少期より、少林寺拳法や空手を習う。1977 年に新日本プロレスへ入団し、デビューする。その体格と格闘センスの高さから新人時代から将来を嘱望され、新日本プロレスから第 1 次 UWF への移籍など、あらゆるリングで伝説の戦いを繰り広げた。ドン・中矢・ニールセン戦、アンドレ・ザ・ジャイアント戦といった伝説の名勝負を経て「新格闘王」と呼ばれる。さらに第 2 次 UWF では社会現象とまで言われるムーブメントを引き起こした。その後、総合格闘技団体 RINGS を旗揚げし、1999 年に“霊長類最強”とまで呼ばれたアマレス選手アレクサンダー・カレリンとの対戦を実現し現役を引退する。引退後は、RINGS のみならず、HERO’S スーパーバイザーを務め、現在は青少年育成のためのイベント「The Outsider」をプロデュースする。また、読書家、日本刀収集家、刀剣鑑定家、骨董収集家としての側面も持ち、知識も豊富である。

【主な実績】〈プロレス時代〉

獲得タイトル：ヨーロッパヘビー級王座、UWF ヘビー級王座、IWGP タッグ王座

【著書】『日本人はもっと幸せになっていいはずだ』（サイゾー）その他、関連図書多数

山口敏太郎（やまぐち びんたろう）

1966年徳島県生まれ。神奈川大学卒業、放送大学12で修士号を取得。1996年学研ムーミステリー大賞にて優秀作品賞受賞。西東社「日本の妖怪大百科」「せかいの妖怪大百科」は2冊まとめて21万部突破、著書は180冊を超える。出演番組は「ビートたけしの超常現象Xファイル」「マツコの知らない世界」「おはスタ」「有吉AKB共和国」「クギズケ」など500本を超える。

山口敏太郎プロデュースニュースサイト「アトラス」
https://mnsatlas.com/
世界の陰謀や裏側の真相を暴く！山口敏太郎のメールマガジン「サイバートランティア」
https://foomii.com/00015
暴露、表で言えない激ヤバ情報のメルマガ！
山口敏太郎のサイバーアトランティア
http://foomii.com/00015
山口敏太郎公式ブログ「妖怪王」
http://blog.goo.ne.jp/youkaiou/

前田《まえだ》日明《あきら》 vs. 山口《やまぐち》敏太郎《びんたろう》
最強《さいきょう》タッグ！　オカルトから
日本《にほん》の悪役《ヒール》まで大激論《だいげきろん》！！

著者　前田《まえだ》日明《あきら》/山口《やまぐち》敏太郎《びんたろう》

明窓出版

令和六年三月十五日　初刷発行

発行者――麻生 真澄
発行所――明窓出版株式会社
〒一六四―〇〇一二
東京都中野区本町六―二七―一三

印刷所――中央精版印刷株式会社

ISBN978-4-89634-473-8

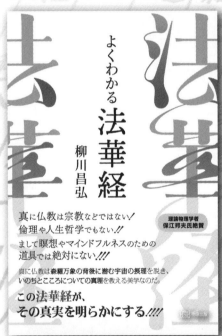